転移先は薬師が少ない世界でした4

饕餮

Toutetsu

Regina

RB

レジーナ文庫

ユーリア
グレイ
『フライハイト』のメンバー。
リンのことを
妹のように思っている。
スミレ
ダンジョンでリンと出会い、
従魔となった元デスタラテクト。
最近ますます過激派。
ラズ
リンの従魔である
ハウススライム。
薬草を扱うのがうまい。
リン（鈴《すず》原《はら》優衣《ゆい》）
神様のうっかりミスで
異世界に転移した元OL。
チートな薬師として
ポーション屋を営んでいる。

登場人物紹介
ミユキ
タクミ
『アーミーズ』のメンバー。
医者と薬師の
夫婦で、リンの家族。
ロック
ロキ
狼の魔物である
元グレイハウンドの親子。
お肉が大好き。
エアハルト
『フライハイト』のリーダー。
リンのことを
いつも気にかけている。
ユキ
ソラ
レン
シマ
猫の魔物である元ビッグキャットの家族。
面倒見がよい。

目次

転移先は薬師が少ない世界でした4

第一章　進化した従魔《じゅうま》たち

リンこと私——鈴原優衣《すずはらゆい》は、ハローワークからの帰り道、アントス様という神様のうっかりミスで、異世界——ゼーバルシュに落ちてしまった。

どうやら日本には戻れないらしい……ということで、私はアントス様からお詫びに授かったチートな調薬スキルを活かし、薬師としてポーション屋を営むことになったのだ。

異世界に来てから一年とちょっと。

大変なこともあったけれど、楽しい思い出がたくさんある。

まず、私を慕ってくれる従魔《じゅうま》たちとの出会い。

ハウススライムのラズに、凶悪な蜘蛛《くも》のスミレ。

スミレの元仲魔《なかま》だという魔物たち、ロキとロック。そしてレンとシマ、ソラとユキ。

すっごく賢くて優しくて、私が主人でいいのかと心配になるくらい、とても強い従魔《じゅうま》たちだ。

つい最近は、私が所属する冒険者パーティー『フライハイト』のみんなで温泉旅行にも行った。温泉はとてもよかったんだけど、スリに狙われただけじゃなくて、スタンピードにまで巻き込まれてしまった。

尋常《じんじょう》ではない町の様子と、怪我をした人々。人目があるところでチートを発揮するのは嫌だったけど、私は薬師だ。見られてもいいやと全力で怪我を治したあと、メンバーや他の冒険者、騎士たちと一緒に魔物を殲滅《せんめつ》し、スタンピードを終息させた。

それに、旅行先や戻ってきた王都では懐かしい人々と再会することができたのだ。

そう、以前から知り合いだった、ドラゴン族のヨシキさんと彼がリーダーを務めるパーティー『アーミーズ』のみなさんが転生者と判明！

しかも彼らは、私の前世の知り合い……私がよく見学していた駐屯地《ちゅうとんち》の自衛官だったり、私がお世話になっていた孤児院によく来てくれていた医者と看護師、商店街の人たちばかりだったのだ！

思い返すと恥ずかしいけど、まさか、懐かしい人たちに会えると思わなくて、嬉しくて泣いてしまった。

そして、前世から私を養女にしたいと思っていたという、医師のタクミさんとその妻で薬師のミユキさんの願いを受け、彼らの養女になることを決めたのだ。

そのときに、エアハルトさんに私がこの世界に落ちてきた渡り人だと伝えた。話したことで関係が変わったらと思うと恐ろしかったけど、エアハルトさんは態度を変えることなく、そのままでいてくれる。

そして今日、養子縁組の書類を提出し、晴れて私は、二人の子どもになった。

それを祝ってくれた『アーミーズ』のみなさんとエアハルトさん。とても嬉しくて……ご飯を食べているとあっという間に時間は過ぎていった。


お昼ご飯をご馳走になったあと、母と二人で自分の家に帰ってきた。もちろん、一緒にポーションを作るのだ。

「もう一度万能薬からお願いしてもいいかしら」

「いいですよ」

作業台の上に万能薬の材料を並べると、母も同じように並べる。

まずは最初に習う方法で万能薬を作ろう。あれですよ、乳鉢を使ってすり潰したりする作業をやるわけです。

これがかなり面倒なんだよね。なにせ、薬草の種類に応じてすり潰して液体を抽出したり、葉っぱを刻んだり。それらをひとつひとつ丁寧にやらないと、ちゃんとした万能薬にならないのだ。時間もかかるし。

もちろんそれはどのポーション作りにも言えるわけで……。初級よりも中級、中級よりも上級とランクが上がるにつれて、難易度もそうだけど、使う薬草の種類と手間が増えていく。

増えるからこそ、難易度が上がるともいうが。

「ポーションを作るときにいつも思うけれど、本当に面倒よね、この工程って。そのぶん使う魔力は少なくてすむけれど」

「そうなんですよね。私は魔力が王族並みに高いそうです。だから私は魔力でやっているんですけど、アントス様から隠しなさいと言われています」

「そうね。魔力で作る方法は、習得するまでに十年以上かかるもの」

習得に十年以上かかるのは、薬師のスキルがそこまで育つのに時間が必要だからだ。

魔力だけで作業するには、手作業で何度もポーションを完璧に作製し、ポーション作りを理解する必要がある。

理解したあとは、毎日魔力を使い切ることで自分の魔力の総量を底上げし、ポーションを作り続けることでスキルを上限に近づけていくのだ。

魔力だけでポーションを作るのは作業時間が短くて便利だけど、習得するまでにたくさん努力したからこその恩恵《おんけい》なのだ。

私の場合はアントス様が体に知識や経験を染み込ませてくれたことと、レベルMAX状態でスキルを授けてくれたからこそ、できる芸当ともいえる。

特に神酒《ソーマ》と、作っちゃいけないアレとかソレとか。

そこは本当にアントス様に感謝してるけど、結果的にチートになってしまったのはいただけないよね。

ときどき話などをしながら、薬草を乳鉢でゴリゴリとすり潰す。室内に響くのはその音だけだ。

そんな音に飽きたのか、従魔《じゅうま》たちは庭へ遊びに行った。

いつもは魔力で一発だからねー。飽きるのもしょうがない。

それから一時間かけて全部の薬草をすり潰した。

「これを集めて、魔力を注《そそ》ぐと……」

「……ふう……。私もできたわ」

できた万能薬を交換して、お互いの出来を確かめる。

うん、きちんとできてるのはさすがです！

「これなら大丈夫ですね。次はなにを作りますか？」

「そうねぇ……ハイ系は大丈夫だから、やっぱりハイパー系かしら。材料が違っていたから、不安なの」

「材料が違うって……。そういうのって、師匠に教わるんですよね？　アレンジしたものってことなんですか？」

「そうよ。場所によっては手に入らない薬草があるもの。だから、同じ成分の薬草かそれに近いものを使うの。まあ、この国の王都はダンジョンがたくさんあるから、正規の薬草で作れるのがいいわね」

なるほど。ダンジョンのおかげで、材料がきちんと揃っているのか～。

確かにどこのダンジョンに行っても薬草があるし、特別ダンジョンに至っては、ハイ系以上のものに使う薬草が生えているもんね。

「ドラール国はどうだったんですか？」

「ドラールは植物オンリーのダンジョンがあったから、正規のものが揃っていたわ。ただ、師匠は面倒臭がりというか頑固な人でね……。頑なに、自分が習った方法や薬草でしか教えなかったの」

「あ～、いますよね、そういう人って。そのせいで、商人ギルドや冒険者ギルドに持ち込んでも買ってもらえない人や、鑑定書や認定書を出してもらえない人がいるんですね」

「勿体ないわよね。せっかく正規の材料が揃うんだから、きちんと学びたいわ」

ハイパーポーションの材料を揃え、ゴリゴリと薬草を潰しながらそんな話をする私たち。母と話しながらなにかをするってこういうことなんだなあ……って、ちょっと感動している。

なんだかんだと一時間、潰し終えたので魔力を注入して、ポーションに仕上げる。

「まあ！　まあまあまあ！　初めてだったのに、作れたわ！」

「よかったですね、ママ。この調子でハイパーMPポーションを作りましょうか」

「待って待って、私はもう魔力がないの！　今日は終わりにしない？」

「ふふふ……。ここに、ハイパーMPポーションがありまーす。これを飲んで、頑張りましょう～」

「えええ⁉　優衣ったら意外と鬼だったわ……」

いいじゃないか、魔力を使い切ったってことは、そのぶん総量の底上げに繋がるんだから。

そんな話をしたらガックリと項垂《うなだ》れ、結局ポーションを飲んだ母。

本人も総量の底上げの必要があることはわかっているようで、飲んだら復習と称してまたハイパーポーションを作ったあと、ハイパーMPポーションも作っていた。

MPもきちんとできていたので、またハイパーMPポーションを飲んでもらい、今度は魔力だけで作る練習。これができるようになると、作業が本当に楽になるのだ。

ちなみに、手作業でも魔力でも、一回に作れるポーションの数は三十本が限度だ。それ以上は作れないようになっているみたいで、何度試しても三十本から増えることはなかった。

「ふぅ……。どうかしら……。レベルが微妙だから、不安なんだけれど」

「大丈夫みたいですね」

母が魔力だけで作ったものを、確認のために二人で一本一本見る。

うん、きちんとできているのはさすがだ。こういうところは尊敬する。

「優衣に教わってよかったわ！　師匠だとハイパー系は微妙だったのよ」

「よかったです！　ついでに神酒《ソーマ》も作ってみますか？」

「そうね……レベルが微妙だけれど、挑戦してみようかしら」

「わかりました。じゃあ、材料からですね」

ダンジョンに現れる魔物……イビルバイパーをはじめとした内臓系の素材や薬草をすべて並べると、母の顔が引きつっていた。

まあ、しょうがないよね。ぶっちゃけた話、神酒《ソーマ》の材料って、今までの薬草類を全種

類使うんだから。

それでいて出来上がるのは、どう頑張っても十本なんだから、あの値段になるのも納得する。

で、三度《みたび》ゴリゴリし始めたんだけど……

「イビルバイパーの処理が難しい……！　あと、なに、この薬草！　まったく抽出できないじゃないの……」

「うーん……。たぶん、レベルが足りないのかもしれませんね」

「そうよね……。ハイパーがギリギリで扱えるところだし、確実にレベルが足りないわね。優衣は今、薬師のスキルのレベルはいくつなの？」

「MAXですね」

「あ～！　カンストしてるなら当たり前よね！」

おお、MAXのことをカンストって言うのか～！　って、そうじゃなくて。母ですらそこまでいってないって……ヤバイ……！　アントス様ってば、本当にチート能力をつけたんかーい！

アントス様のテヘペロ、って顔が思い浮かぶよ……

「ああ～、失敗しそうだから、これ以上手を出すのをやめておくわね」

「じゃあ、このまま作っちゃいますね」

作業途中だったけど、魔力を注いでさっさと神酒《ソーマ》に変える。それを見た母は、呆れたように溜息をついた。

ハイパー系を作れることがわかっただけでも嬉しかったのか、終始ご機嫌だった母。

その後も自分で持ってきた材料がなくなるまでハイパー系と万能薬を練習していた。

できたポーションは『アーミーズ』で使ってもらうように、全部持って帰ってもらう。

私が作ったものと母が作ったものでは、ポーションのランクが違うからだ。認定書にのっているレベルと同じものじゃないと店に出せないので、持って帰ってもらうしかない。

もちろん、今回私自身が作ったものは店の在庫として並べるつもりだ。

時間が少しだけ余ったのでミルクティーを淹《い》れ、義弟のリョウくんの話を聞く。ぐずったりすることもあるけど、比較的穏やかでいい子だそうだ。

好奇心旺盛《こうきしんおうせい》みたいで、メンバーたちの尻尾を追いかけたり、ぬいぐるみを抱いて寝たりもしているらしい。

おお、それは一度見てみたいなあ。可愛いだろうね！

「今度、リョウくんと遊んでもいいですか？」

「優衣はお姉さんになったんだもの。いつでも遊びに来ていいわよ？」

「じゃあ、お言葉に甘えて、そのうち遊びに行きますね」

スミレがデスタラテクト時代に織った布が余っているから、それでなにかプレゼントを作ってみよう。やっぱりぬいぐるみかな？

ただ、私は不器用ってわけではないけど器用でもないから、うまく作れるかどうかわからないんだよね。そう考えると、なにを作るか迷う。それは追々《おいおい》考えるとして。

そろそろお暇《いとま》するというので、通りまで母を見送る。

姿が見えなくなってからは庭へと行き、従魔《じゅうま》たちやココッコたちと戯れた。

そのあと薬草の世話をして、ココッコたちを小屋に入れ、ご飯の支度をした。そしてお風呂に入ったり従魔《じゅうま》たちと戯れたりしているうちに眠くなってきたので、ベッドに潜り込む。

「今日はいろいろあったなあ……」

先生たちの子どもになって、母と一緒にポーションを作って。

小さなころに一度は憧れた、「家族と一緒になにかをやる」ということが、この歳になってから実現するだなんて思わなかった。

ただ、それが日本ではなく、異世界で……というのがなんだか寂しいけど、そういう運命というか星の下《もと》に生まれたのだから仕方がないのかも。日本にいたら絶対にできなかったことだし、もしかしたら私の守護をしている背後の人の能力が高すぎるせいで、結婚すらできなかった可能性もあるのだ。

結婚に対して夢は見ていないけど……そんな人が現れるといいなあと思ったとき、なぜかエアハルトさんの顔がチラついた。

「うーん……うーーーん………」

なんでエアハルトさんを思い浮かべたのか、考えたけどわからない。わからないことをそのままにしたらダメだと思うんだけど、どうしてもわからないことはわからないのだ。

「まあいっか。みんなー、寝るよー」

〈〈〈〈〈〈〈はーい!〉〉〉〉〉〉〉

今日はベッドの上で、みんなで寝る。まだまだ夜は冷えるから助かるし、嬉しい。みんなの毛皮はとってもあったかくて、すぐ寝入ってしまった。

先生たちの子どもになってから、早一ヶ月が過ぎた。

その一ヶ月の間にヨシキさんたちは初級と中級ダンジョンを踏破《とうは》して、中級ダンジョンボスからかなりいい防具をもらったんだとか。

おお。さすがSランク、ずいぶん早いね！　驚きました！

そのときに薬草をたくさんいただいた。もちろん、買い取りもしたよ。

そして別の日にはエアハルトさんたち『フライハイト』からも、たくさんの薬草やイビルバイパーの内臓とお肉、ブラックバイソンのお肉や魚介類をお土産にもらった。

薬草とイビルバイパーの内臓は買い取ったけど、お肉と魚介類はもらってしまった。

ヨシキさんのときもそうだけど、きちんと全部買い取るって言ったんだよ？

だけど、依頼として受けているぶんはともかく、他は彼らからの善意や厚意だからと言われてしまうと、受け取らざるを得ないわけで……

くぅ……っ！　自分のこの性格が恨《うら》めしい！

まあ、それはともかく。

かなりの量の薬草が集まったし、毎日それなりの量の薬草を買い取っているので、しばらく在庫は大丈夫そうだと安心する。

「ロキ、ちょっと私の前に来てくれる？」

〈どうした？〉

ココッコたちと薬草の世話をしたあと、ロキを呼ぶ。

一番体格というか、体高がいいからね、ロキは。私の身長がどれだけ伸びたのか、測るのに最適なのだ。

成長痛がくる前は目の前にロキの口があって、目を合わせるために見上げていた。だけど。

〈リン、少し高くなったか？〉

「やっぱり？　身長が伸びてる～！」

〈それでも、まだまだ小さい部類ではあるがな〉

「……だよねー！」

今はロキの目が目の前にある。伸びたのはだいたい十五センチから二十センチくらいかな？

ロキにも突っ込まれたけど、この世界の基準からすると、私はまだまだ小さい部類なのだ。やっと身長が百八十センチくらいになったわけだけど、女性ですら小さくても百九十五センチくらい、高いと二メートルを軽く超える人ばかりだからね、この世界って。

それを考えると、百六十五センチなんて子どもに見えて当たり前だ。

お礼にロキをもふり倒していたら、他の従魔《じゅうま》たちが〈ロキだけずるい！〉と言ってわらわらと寄ってきた。

しかも、ココッコたちも足元にわらわらと寄ってきたものだから、私は必然的に押し倒される形になるわけで。

そのまま従魔《じゅうま》たちにもふりもふられてしばらく戯れたあと、汚れてしまった服を綺麗にしてから開店準備をする。

そして開店して一番にやってきたのは、『蒼《あお》き槍《やり》』のリーダーであるスヴェンさんだった。

「おはようございます。珍しいですね、一番なんて」

「まあな。てか、しばらく見かけなかったが、少し背が伸びたか？　だけどまだまだちっせえなあ、リンちゃんは」

「余計なお世話ですよ、スヴェンさん！」

「「「「「あはははは！」」」」」

「みなさんも笑わないでくださいよ！」

スヴェンさんが気づいてくれたのは嬉しかったんだけど、まだまだ小さいと言われてしまった挙げ句、他の冒険者にも笑われてしまった。悔しい……！

父曰く、私の骨格的に、伸びてもあと五センチが限度だろうと言われているから、これが限界なんだときっぱり諦めた。

まあ、どのみちこの世界の住人じゃないんだから、伸びないのは当たり前なんだけどね！

「確かに小さいですけど、少しでも伸びたんだからいいじゃないですか！」

「まあな。ただ、どのみち少し背が高いだけの子どもに見られることには変わらないかな？」

「うう……」

からかわれるように言われてしまい、がっくりと項垂《うなだ》れたのだった。

その後、スヴェンさんは神酒《ソーマ》を含めたポーションを限界まで買っていき、他の冒険者も神酒《ソーマ》は買わないものの、他のポーションを限界まで買っていってくれた。

毎回思うけど、自分の武器や防具のメンテナンスもしてるはずなのに、みんなどこにそんなお金を隠してるんだろうね⁉

やっぱり上級ダンジョンって儲かるんだろうなあって思った。物にもよるけど、素材の値段が桁違《けたちが》いだし。

そんなこんなでお昼も過ぎ、午後も同じようにからかわれつつ営業した。

そして売り上げを持って商人ギルドに預けたら……

「おめでとうございます。今回でお店がAランクに上がりました」

「ほんとですか⁉　やった！」

個室に案内されて、私を担当してくれているキャメリーさんが入金額を確認してくれていたんだけど、とうとうAランクに上がると言われた。

それに伴って税金額が少しだけ上がるとも言われたけど、なんの問題もない。

税金を納めるにしても毎月、半年ごと、一年ごと、数年ごととあって、纏めて納めるとちょっとだけ安くなるというので、とりあえず一年分の税金を納めた。

キャメリーさんには、「豪快ですね」と笑われちゃったよ……

いいんだよ。家族や仲間ができたし、冒険者とも仲良くなったから、今のところこの国から出ていく予定もないからね。

ランクが上がったので、お店を広くしたり大きくしたりできるそうなんだけど、売っている商品数が少ないこともあり、どっちも必要ないので断った。

「確かにポーション屋ですと、売るものが決まっていらっしゃいますしね」

「そうなんです。最近は医師のお薬も置いていますけど、それだって基本的なものばかりですし」

「あら？　医師の薬も置くようになったんですか？」

「はい。養父が医師なので、その関係で……」

「なるほど」

そういえば言っていなかったとキャメリーさんに謝罪すると、手続きなどは必要ないので大丈夫と言われた。罰金があったらどうしようかと思ったよ。

Sランクになるためには今以上の売り上げが必要となるそうで、いっそう頑張ろうと思う。

まあ、Sランクに上がるには数年以上かかるらしいので、いつも通りのんびりと、自分のしたいようにします！

先生たちと家族になって一ヶ月半。

〈リン、そろそろダンジョンに潜りたい〉

〈〈〈我らもにゃー〉〉〉

〈オレも！〉

〈ラズも！〉

〈スミレ、モ！〉

「わ～……」

とうとう従魔《じゅうま》たちがダンジョンに潜りたいと言い出した。

いつかは言うだろうと思ってたけど、こんなに早いとは思わなかったよ……

「潜るのは構わないけど、パパたちがダンジョンから帰ってきてからじゃないと、行けないよ？」

〈む……〉

「日帰りでいいなら明日の休みでもいいけど、何日もとなるとママがいないと無理だから。それでいいなら行くけど、どうする？」

そう、母がいないと無理なのだ。店番だけならララさんとルルさんに任せられるけど、ポーション類が足りなくなったときの問題があるからだ。

あと、ココッコたちの世話も。

『アーミーズ』は五日前から西の上級ダンジョンに全員で潜っている。

なので、数日間留守にするには、彼らが帰ってこないと無理。

神酒《ソーマ》はそんなに出るものじゃないから、三十本から五十本くらい置いておけば一週間は保《も》つだろうけど、さすがにハイパー系とハイ系、万能薬はそうもいかない。一日に出る数からすると、二日か三日が限度だ。

しかも、母がこの店の基準で作れるポーションとなると、ハイ系と万能薬のみ。

なので、その他のぶんは私が作らないとダメなのだ。ストックしておくにしても、どのみち大量の薬草が必要となるしね。

それをきちんと説明したら、また従魔《じゅうま》たちだけで話し合いを始めた。

ココッコという言葉が聞こえたので、しっかり釘《くぎ》を刺しておく。

「ココッコたちも連れていきたいからって、従魔《じゅうま》にするというのはなしだから」

〈う……わかった〉

「で、どうするか決めたの？」

〈とりあえず、日帰りで一日だけ潜りたい。それ以外は、ミユキと話し合ってからでもいい〉

「それならいいよ」

我儘《わがまま》を言われなくてよかったよ。まあ、従魔《じゅうま》たちはあまり我儘《わがまま》は言わないんだけどね。言ったとしてもご飯のおかずに関することだけなのだ。

そこだけは本当に助かっている。

で、どこのダンジョンがいいか聞いたら、潜ったことのない北の上級ダンジョンか、特別ダンジョンがいいという。

イビルバイパーとビッグシープ、レインボーロック鳥のお肉をたくさん食べたいんだって。

「北の上級ダンジョンは、エアハルトさんたちに連れていってもらったほうがいいと思うんだけど、どうする？」

〈そのほうがいいだろうな。我らだけでも問題ないだろうが、行ったことのない階層だと、どのような敵が出るのかわからない以上、下手に手を出すべきではない〉

「だよね～。なら、イビルバイパーとビッグシープ、レインボーロック鳥狙いで特別ダンジョンに潜ろうか。ついでに薬草採取もしよう」

〈〈〈〈〈〈〈〈やった！〉〉〉〉〉〉〉〉

よっぽどダンジョンに潜りたかったんだね。許可を出した途端、従魔《じゅうま》たちはすっごく喜んだよ。

さっそく、明日の休みに合わせてダンジョンに潜る準備をする。といっても泊まりじゃないから用意するものはそんなにないし、せいぜい武器や従魔《じゅうま》たちが身に着けている腕輪や首輪のメンテナンスをしてもらうだけだ。

まずは午前中の仕事が先！　とみんなに言い聞かせ、開店。

その後、お昼の休憩時間を利用して、凄腕の鍛冶《かじ》職人であるゴルドさんのところに行く。

もちろん従魔《じゅうま》たち全員を連れていき、短剣や大鎌、従魔《じゅうま》たちの腕輪や首輪をメンテナンスしてもらう。そのときに私が持っているふたつの大鎌を見てもらった。

実は、ヴォーパル・サイズもデス・サイズも、今やどっちも最高ランクの伝説《レジェンド》だ。ランクは短期間でカンストしちゃったよ……

これは神様たちのやらかしのせいだったりする。

教会でお祈りをしていると、たまーにアントス様に呼ばれてしまうんだよね。

そのときにアントス様だけじゃなくて、アマテラス様やツクヨミ様、スサノオ様がいらっしゃるときがある。アントス様だけやアマテラス様、ツクヨミ様だけのときならお茶会になるけど、スサノオ様のときは「よし、戦闘訓練だ！」と長時間訓練させられる。

しかも、アントス様も私や従魔《じゅうま》たちのレベルに合わせて影の魔物を出すものだから、従魔《じゅうま》たちはストレス発散とばかりに嬉々として動くし、私もそれに加わっているから、大鎌だけじゃなくて自分たちのレベルも上がるしで、嬉しいやら悲しいやらなのだ。

従魔《じゅうま》たちが喜んでくれているからいいけど、そうじゃなければ教会に行ったりしなかったと思う。だっていろいろと面倒だもん、私が。

ゴルドさんによると、大鎌ふたつに関してはランクはカンストしてるし、レベルはイビルバイパークラスの魔物を三、四体くらい倒すとカンストしそうだとか。

「本当ですか⁉　今度行くダンジョンは、特別ダンジョンなんです」

「お、いいタイミングだな。レベルもカンストしたら合成してやるから、持ってきな。ついでに、イビルバイパーの皮とレインボーロック鳥の尾羽、トレントの枝が欲しいから、依頼を出してもいいか？」

「いいですよ～」

どれだけ必要なのかを聞き、報酬の話をする。しかも、持ってきた量によっては、余《よ》剰分《じょうぶん》も買い取ってくれるそうだ。

「いいんですか？」

「ああ。今言った材料が不足していてな。冒険者に依頼を出してはいるが、いくらあっても困らないんだよ。あと、もし遭遇して倒したらでいいんだが、ゴーレムが落とすなにかしらの鉱石を持ってきてくれたら、それも買い取る」

「わかりました」

太っ腹だなあ、ゴルドさんは。まあ、私も同じことをしているから、人のことは言えないんだけどね！

メンテナンスと依頼されたぶんの報酬の話も終わったので、店に帰る。

ダンジョンに行けるとわかってからは、従魔《じゅうま》たちがそわそわしていて、思わず笑ってしまった。

そして休みの日。夜明け前に起きて準備をする。

「じゃあ行こうか。ロキ、よろしくね」

〈承知〉

西門まで歩き、そこからはロキに跨《また》る。すると、すぐにラズとスミレが私の両肩に飛びのってきた。そしてロキが走り出すと、他のみんなもついてくる。

すぐに特別ダンジョンに着いたので、ギルドの建物内へ。職員さんは従魔《じゅうま》の数の多さから私を覚えていたみたいで、タグを見せるとすぐにダンジョンのほうに行くことができた。

そのままダンジョンに入ると、従魔《じゅうま》たちが興奮し始める。

「はい、興奮しない！ 見つけたらどんどん戦闘してもいいけど私からあまり離れないことと、他の冒険者に迷惑をかけないこと。依頼があるってことも忘れないでね」

〈〈〈〈〈〈〈〈わかった！〉〉〉〉〉〉〉〉

「じゃあ移動しようか」

第二階層のほうがビッグシープやレインボーロック鳥が出やすいからと、ロキに跨《また》ってさっさとそっち方向に移動する。ロキは階段の場所を覚えているらしく、瞬《また》く間に近づいたので、すぐに階段を下りた。

そしてゴルドさんから依頼された素材を入手しつつ、従魔《じゅうま》たちが食べたいと騒いでいた肉を集める。

そんなこんなで戦闘と採取をしまくっていると、あっという間に必要な依頼の品が揃った。

従魔《じゅうま》たちにこのあとどうするか聞くと、もう少しビッグシープとレインボーロック鳥のお肉が欲しいと言うので、時間の許す限りダンジョンにこもる。

そのおかげもあったのか、私自身もふたつの大鎌もレベルが上がった。

そして従魔《じゅうま》たちはレベルが上がったことで、とんでもないことになってしまったよ……

アントス様～、そういうのは先に言ってほしかった！

私にも心の準備ってものがあるんだよ～！

今度会ったら問い詰めよう！　と決意し、ダンジョンから戻る。

そしてそのままゴルドさんのところに行って、大鎌を合成してもらったのはいいんだけど……

「「…………」」

「な、なんか凄いのができましたね……」

「はあ……。なんてこったい！　伝説の大鎌の名前をこの目で見るとは思わなかったぞ、お嬢ちゃん」

「伝説なんですか？　この大鎌って」

「ああ」

うわ～、やっちまったなー！　再びだよ！

淡く光る大鎌の持ち手は漆黒《しっこく》で銀色の装飾が施されている。刃は紅と黒が混じっており、持ち手に繋がる根元の部分には、紅くて丸い宝石が嵌《は》まっていた。

綺麗な見た目ではあるけど、とても禍々《まがまが》しいというか、物騒《ぶっそう》な雰囲気だ。

本当に、こんなものが薬師の武器だなんて……どうなってるのかな⁉

薬師じゃなくて、死神が持つような禍々《まがまが》しさなんだけど！

【アズラエル】　固有《ユニーク》

高名な薬師が草刈りと戦闘に使っていたという大鎌

固有《ユニーク》ではあるが、成長するといわれている

成長すると神話《アーティファクト》になる大鎌

薬師が装備した場合に限り、ボーナスあり
薬師が装備した場合：攻撃力＋2000　防御力＋2000

こんな名前の大鎌に変化というか、進化した。攻撃力も防御力も、ふたつの大鎌がカンストした数値よりも高い。これでまだ最低ランクなんだよ？　今後どれだけ上がるのかと思うと……。うわぁ、恐ろしすぎる！

「とりあえず、固定指定《バインド》しとくか」

「そうですね……お願いしてもいいですか？」

「ああ」

アズラエルという大鎌は物が物だけに、誰にでも扱えてしまうといろいろとマズイ……ということで、私の名前で固定してもらった。

これをすることで、盗まれても戻ってくるんだって。おお、便利だね、それは。

だけど盗まれないように私自身も気をつけないとダメだから、しっかり管理しますとも。

ま、まあ、従魔《じゅうま》たちがとんでもないことになっちゃってるからね……。狙われる確率が減りそうだよ……従魔《じゅうま》たちの種族を知られたら。

逆に狙われる可能性もあるけど、知ってまで狙うって「破滅したいです！」って言ってるようなものだし。

それよりも……みんなに説明するのが面倒だよ～！

「ところで、リン。従魔《じゅうま》たちはまた進化したのか……？　明らかに昨日と雰囲気が違うが」

「はい……進化しちゃいました……。できれば種族は聞かないでください。まだエアハルトさんやギルドにも言っていないので」

進化してくれたのはいいんだよ、前にロキたちが進化したときは、ラズだけ進化できなくて……平気なふりをしつつも落ち込んでいたからね。

今回はラズも進化したものだから、みんなして泣いて喜んでいるのだ。

「そうだな。登録し直してからのほうがいいかもな。わかった。また今度教えてくれ」

「わかりました。これから行ってきます」

「おう。気をつけて行ってきな」

「はい」

ゴルドさんに見送られ、商人ギルドに行く。キャメリーさんに従魔《じゅうま》が進化したことを説明し、種族を登録し直してもらった。

キャメリーさんはその種族を聞いて、あんぐりと口を開けていたっけ。

翌日、店が終わったあと教会に行く。お昼休みのときでもよかったんだけど、なんか精神的に疲れるような気がしたんだよね。だから終わってからにしたのだ。

祈っているとふわりと風が吹く。

呼ばれた、と思ったときには目の前にアントス様とアマテラス様、スサノオ様がいた。

「こんにちは、優衣。今日はどうしたのかしら？」

「その……従魔《じゅうま》たちが全員神獣になってしまったのでそのご報告と、どうして神獣になってしまったのかが知りたくて……」

「あ～……」

アントス様とアマテラス様、スサノオ様がそれぞれ顔を見合わせている。そのあとなぜか苦笑していた。なんでそんなお顔をなさっているんですかね？

「アントスを殴ったり、スサノオやアントスが出した影の魔物と戦ったでしょう？　実は、あれが原因なのよ」

「えーーーっ⁉」

まさか、神様を殴ったのが原因で神獣になるとは思ってませんでした！

「あれ？　そうなると、私も神様とか、神様の眷属《けんぞく》みたいになっちゃうんですか？」

「優衣は魔神族のハーフ扱いだから、もともと眷属《けんぞく》のようなものよ。神になったりはしないけれど、寿命がちょーっと長くなっちゃうかもしれないの」

「うわ……。どれくらいですか？」

「五百年か千年くらいかしら」

「五千年くらい生きますね」

「……マジですか」

アマテラス様とアントス様の言葉に、愕然《がくぜん》とする。

ま、まあ、最初に言われた年数よりも千年増えただけなんだから、神様たちにとってはそこは想定内、なのかな？

でも、そんなに長いこと従魔《じゅうま》たちと一緒にいることができるんだろうか。従魔《じゅうま》たちが先に死んだら、私は寂しいけどまだ我慢できる。

だけど、私が先に死んだら従魔《じゅうま》たちはどうなるの？

主人が見つからなかったときのように、または前の主人のときのように、寂しい思いをさせてしまうのかな……。

そのことをアントス様に質問してみたら、契約している従魔《じゅうま》は主人と魔力や魂が繋がっているから、場合によっては寿命に関わらず同じ時期に死ぬかもしれないと言われた。

「そんなの……可哀想です……」

「リンにしてみたらそうかもしれない。だけど、リンがいないと従魔《じゅうま》たちは暴走してしまう。まあ、神獣になった以上そんなことにはならないんだけど、神獣はいつ死ぬか自分で決められるんだ」

「……」

「死なないで世界を旅するもよし、リンと一緒に死ぬもよし。神界に来て、僕たちと暮らすもよし。それは彼らの自由だよ」

アントス様の言葉を聞いて、どうして日常的に神獣と呼ばれる存在を見かけないのか、なんとなくわかった。だけど、一応聞いてみる。

「伝説になっている神獣たちは、どうしているんですか？」

「世界中を旅したり、神界《ここ》で暮らしたりしているよ。もしリンと従魔《じゅうま》たちが望むなら、リンが亡くなったあと、従魔《じゅうま》たちと一緒に神界《ここ》で暮らすこともできる」

「そ、それは……私が神様の仲間入りをするということですか？」

「ん～、ちょっと違うかな？　でも違わないのかな」

「どっちですか？」

「たぶん、仲間入りすることになると思うわ」

アントス様と話している途中で口を挟んだのは、アマテラス様だ。

神界に行くということは、神に認められたということになるから、結果として一番低い位の神様になってしまうという。

だけど、本来の神様とは生まれた経緯が違うから、そこから昇格することもなければ、下になることもない。

ゼーバルシュでいうならば、平民になる、ということらしい。

つまり、下っ端。めっちゃ下っ端。

「だから、これは優衣次第なの」

「もちろん、そのまま魂の輪廻《りんね》にのって、またこの世界に生まれてくることもできますよ」

「魂の輝きというのは人それぞれ違っているけれど、何度生まれ変わっても変わらないの。それは従魔《じゅうま》たちも同じよ」

「だから、同時期に亡くなったとしても、従魔《じゅうま》に限って言えば、またリンと出会うことができるのです」

人と人の繋がりは、永遠の絆で結ばれた夫婦でない限り、ずっと続くとは限らないという。

だけど、契約した従魔《じゅうま》は主人と魂同士が繋がっているから、何度生まれ変わっても必ず側にいるんだって。従魔《じゅうま》だったり友人だったり、兄弟だったり、形は変わったとしても変わらず側にいる存在になるそうだ。

「なにを選ぶかは、リンと従魔《じゅうま》たち次第だよ。まだまだ時間はあるんだから、ゆっくり考えればいいんじゃないかな」

「そうね。今すぐ決めることではないもの」

「……はい」

なんだか壮大《そうだい》な話というか、とんでもないことになっちゃったなあ……

その後、お茶を出してくれたアントス様と一緒に四人でお茶会をし、近況を報告した。

そのときにわかったんだけど、ツクヨミ様からいただいた御守りには日本の神様たちの加護がついているから、大事にしなさいとのことだった。

もちろん大事にしますとも！


三日後、エアハルトさんたちが帰ってきた。従魔《じゅうま》たちのことで話があると言うと、見た目や雰囲気が変わったことでなにか察したのか、その翌日にお呼ばれされた。

そのときに従魔《じゅうま》たちがさらに進化したことと、とんでもない種族になったと話すと、

「念のためよ」と言ってユーリアさんが防音の結界を張ってくれる。

そこから、従魔《じゅうま》たちの詳しい種族を話したら、みんなして黙り込んでしまった。

それからいち早く話を進めてくれたのは、グレイさん。さすが王族です。

「……僕たちが後ろ盾になっていたのは正解だったかも。だけど父上や兄上に言っておかないと、なにかあってリンを害された場合、従魔《じゅうま》たちが怒るからね。しっかり釘を刺しておかないと……」

「そうだな」

エアハルトさんもグレイさんの言葉に同意して、溜息をついた。話すにしても、王族限定のほうがいいだろうとも。

そう、従魔《じゅうま》たちは全員が神獣になってしまったのだから。

神獣はSSSランクに該当し、災害級とも呼ばれる存在だ。普段は滅多に見ることはないけど、見たら逃げろと言われているくらい、戦闘力が半端なく高いらしい。

手を出すなんて、もっての外ってこと。

過去にも神獣が従魔《じゅうま》として人に従っていたことがあるらしいけど、主人を怪我させただけで城を半壊させたそうだ。まさに災害級だと震えあがった。

そんな物騒な話がある神獣だけど、私の従魔《じゅうま》たちはとても優しく、いつもと変わらない。

ラズはエンペラーハウススライムからクラオトスライムになった。クラオトとはこの世界の言葉で、薬草を意味するんだって。ある意味、ラズにぴったりな種族だ。

大きさはエンペラーよりもひと回り小さくなり、体色も空色から新緑の色になった。薬草の色に近いかな。

スミレはデスタイラントからクイーン・スモール・デスタイラントになった。体の大きさはさらに小さくなり、背中やお腹の部分に紅い模様が浮かんでいる。目も赤いままだ。毒は猛毒になり、麻痺《まひ》の他にも即死系のスキルも覚えた。

レンとユキはサーバルキャットから太陽の獅子《ソル・レオン》になった。体の色はそのままだけど、手足がしっかりしてよりしなやかな体型になった。目の色は綺麗な琥珀色《こはくいろ》だ。

シマとソラはサーバルキャットから月の獅子《ルナ・レオン》になった。体の色はそのままに、レンやユキと同じようにしなやかになった。目の色は綺麗な薄い青だ。

太陽の獅子《ソル・レオン》と月の獅子《ルナ・レオン》は表裏一体の存在だそう。ちなみに、レン一家全員の体はふた回りほど大きくなった。

ロキは天狼から星天狼《シリウス》になった。体色が綺麗な白銀色になり、体もさらにひと回り大きくなっている。目の色は黒。風貌《ふうぼう》もすっごく立派でかっこいい。

ロックはヘルハウンドからフェンリルになった。体色は青みがかった銀色になり、体もひと回り大きくなった。手足も大きい。

そして太陽の獅子《ソル・レオン》や月の獅子《ルナ・レオン》、星天狼《シリウス》やフェンリルになった彼らは、神獣になったことで体のサイズを変更できるスキルを手に入れた、らしい。

サイズ変更は嬉しいけど……まさか、本当にそんなスキルがあるとは思わないじゃないか！

最初に見たときは本当に驚いたよ？　すんごい大きな体が、豆柴や猫サイズになったんだから！

一緒に寝るのにも楽にはなったけど、誰かに連れていかれやしないかと心配になる。

もちろん、そんなことないように私がしっかりするけどね。

その前に、従魔《じゅうま》たちに反撃されて終わりだろうけどさ。

「とりあえず、リン。父上と兄上にだけは報告してもいいかな。それ以上は話さないようにするし、迷惑をかけないようにと話をしておくから」

「はい。なんだかすみません、グレイさん」

「気にしないで」

内心溜息をつき、ご飯をご馳走になって帰ってきた。

あ。エアハルトさんに、私の秘密を話していいか相談するつもりでいたのに、すっかり忘れていた。従魔《じゅうま》たちのことがあるからもう少し待つことにしようと、従魔《じゅうま》たちとお風呂に入って、みんなして同じベッドで眠った。

『フライハイト』のメンバーに従魔《じゅうま》たちのことを話して二週間。

未だにエアハルトさんや両親に私の秘密のことを相談できずにいた。

エアハルトさんも両親もずっとダンジョンに潜っていて、二日前に帰ってきたばかりだからだ。

冬の間はほとんど潜れなかったからなのか、最近はガンガン潜っているんだからしょうがない。

もちろん他の冒険者も同じようにたくさん潜っているらしく、お店はそれなりに忙しい。

なので、申し訳ないと思いつつララさんとルルさんにお手伝いに来てもらっていた。二人も暇をしていたと言ってくれて、助かったけどね。

「餅が食べたいねえ……」

「は？」

店が休みになる前日の閉店間際、父が突然やってきて、唐突に呟いた。まあ、気持ちはわかる。たまに食べたくなるよね、お餅って。

「もち米は大量にありますけど、作るのが大変なんですよね」

「そうなんだが……って、もち米があるのかい？」

「はい。私はまだその階層に行ったことはないんですけど、北の上級ダンジョンにあるんですって。先日、商会に行ったらたくさんあって、売れないから買ってくれと泣きつかれたんです。そのときに買いました。エアハルトさんたちもお土産としてくれましたし」

「そうなのか……ちょっと待ってくれ」

なにをしているのかなあと若干父のことを心配しつつ閉店作業をしていたら、ラズと一緒に裏からエアハルトさんが顔を出した。

〈リン、エアハルトが来たから連れてきた〉

「ありがとう、ラズ」

〈どういたしまして〉

「エアハルトさん、どうしました？」

「みんな用事があって出かけてしまったから、夕飯を一緒にどうかと思ったんだが……。タクミがいるってことは遅かったか？」

「あ〜、どうでしょう?」

父は誰に連絡してるのかな。場合によっては断って、エアハルトさんと一緒にご飯を食べてもいいかもしれない。

「やあ、エアハルト。優衣、私たちの拠点で餅つきをしよう」

「おお、餅つき！　やりたい！」

「だろう?」

餅つきをするってことは、ライゾウさんが臼《うす》と杵《きね》を作ったんだろうなあ……と遠い目になる。それに反応したのがエアハルトさんだった。

「モチツキ?　モチとはなんだ?」

「米とは違う種類の穀物でね。それをついて作るものなんだ。もしよかったら、一緒にどうだい?」

「モチにも興味はあるし、お邪魔でなければ伺いたいが……」

「構わない。仲間にも伝えておこう」

「ありがとう。頼む」

途端に機嫌がよくなるエアハルトさんに、つい笑ってしまう。あ、どうせなら、そのときにグレイさんたちにも私が渡り人だってことを話していいか相談しよう。

「じゃあ、さっさと閉店作業をしますね」

「手伝う。なにをすればいい？」

「私も手伝おう」

「いいんですか？　なら、棚のポーションを手前に並べてもらってもいいですか？　もしくはお金を数えるか」

「なら、俺が棚をやろう」

「私が金を数えよう」

「ありがとうございます。先に鍵を閉めちゃいますね」

買取表や注意書きが書かれている看板は先にしまったんだけど、鍵やカーテンはまだ開けたままだったのだ。

店内がちょっと薄暗くなっちゃうけど、そこは【生活魔法】で代用するか、店内の灯りを点ければいいだけだ。

私はエアハルトさんが並べ替えてくれたポーションを数え、紙に数を書いておく。こうすることで今日どれだけ売れたのかわかるから、お金の計算が合っているか確かめるのも楽なのだ。

いわば棚卸《たなおろし》と同じだね。

「よし、終わった」

「ありがとうございます、エアハルトさん」

「私も終わったよ、優衣」

「ありがとうございます、パパ」

　二人にお礼を言って、各ポーションの朝の在庫と追加分から現在の在庫を引く。その数と単価を計算し、合計するのだ。

　このへんは簿記《ぼき》でもやることだから、簡単だ。難しい原価計算や粗利《あらり》なんかは必要ないしね。そこは【アナライズ】様様だ。

「よし、合ってます。これで閉店作業は終わりです。手伝ってくださって、ありがとうございます」

「「いや」」

　早いな、と言った父の言葉には笑って応え、二人には先に外に出てもらった。

　私は、もう一度鍵やカーテンを確かめてから外に出る。

　そのあとで父やエアハルトさんと一緒に、従魔《じゅうま》たちを連れて『アーミーズ』の拠点に行く。

「リン、エアハルト、いらっしゃい」

「『おじゃまします』」

ヨシキさんが私たちを迎えてくれた。

それにしても、どこで餅つきをやるのかと思っていたら庭に臼《うす》などが置いてある。蒸し器もすでに準備されていて、湯気が上がっていた。用意周到《よういしゅうとう》だなあ……

「あ、そうだ。ヨシキさん、私の事情のことで、エアハルトさんを含めて『アーミーズ』のみなさんに相談があるんです」

「わかった。だが、先に餅つきをしよう。話は飯を食べながらでもできるからな」

「わかりました。あ、これがもち米です。小豆に似たアジュキと枝豆もあるんですけど、いりますか？」

「ありがとう！　助かる！」

庭に案内されてすぐ、アジュキをマドカさんに、枝豆を母に渡す。すると、二人はすぐに料理に取りかかった。もち米はヨシキさんに渡したよ。

私とエアハルトさんはもち米洗いを手伝い、ミナさんとカヨさんが洗ったもち米をざるにあけたりしていた。本当なら一晩つけておくんだけど、魔法で水をぐいぐい吸わせている。

なんて強引な方法なんだろう……。まあ、それだけ急いで食べたいってことなんだろうね。

セイジさんや他の人もそれぞれ動いて、餅つきの準備をしている。

もち米が蒸しあがるまでは簡単なつまみでお腹を誤魔化し、蒸しあがったら臼《うす》に入れてつき始める。コツコツと杵《きね》がぶつかる音がして、そこから徐々にペタペタという音に変わる。

おお、懐かしい音！

そこからはぺったんぺったんと交代でついていく。臼《うす》が二台と杵《きね》が四本あるから、それぞれ分かれて餅をついているのだ。

杵《きね》を持っているのはヨシキさんやセイジさんをはじめとした元自衛官たちで、合いの手だっけ？　お餅をひっくり返しているのは、ライゾウさんやミナさんとカヨさんだ。

母とマドカさんは枝豆をずんだにしたり、アジュキを煮たり、お雑煮《ぞうに》を作ったりしている。今回は醤油ベースのすまし汁のようだ。

もちろん私も餅つきをさせてもらったし、エアハルトさんもおっかなびっくりしながらも、楽しそうに餅つきをしていた。私も久しぶりで、とっても楽しかった！

従魔《じゅうま》たちは応援の掛け声をしてくれたよ！

「おお、こうやってモチってやつを作るのか。面白いな、これ」

「でしょう？」

『アーミーズ』のみなさんと餅つきができて、楽しい時間はあっという間に過ぎていく。

つき終えたお餅はそれぞれ小さく千切って丸め、餡子《あんこ》などをはじめとした様々な味付けをしている。

味付けは、餡子《あんこ》とずんだ、大根おろし、納豆に胡麻、お雑煮《ぞうに》。変り種としてチーズもあった。もちろん、定番の磯辺《いそべ》もある。

私一人だとここまで本格的に作れないから懐かしいし、ここ何年も餅つきをしてないから本当に嬉しい！　従魔《じゅうま》たちも、本格的な餅つきにはしゃいでいるしね。

餅つきも終わり、それぞれがテーブルに座る。これから実食。楽しみ～！

自分が食べたいものを取って食べるスタイルにしたみたいで、テーブルのあちこちにいろんな種類のお餅が置いてあった。

私はチーズと磯辺《いそべ》、お雑煮《ぞうに》を持ってくる。お雑煮《ぞうに》には鶏肉や野菜がたっぷり入っていて、かなり豪華だ。足りなければおかわりをしよう。

そして従魔《じゅうま》たちはずんだが気になるようで、まずはずんだを食べている。

小さくなった彼らを見た女性陣が抱き上げようとしたり触ろうとしたりするんだけど、ひょいっ！　と避けて、絶対に触らせなかった。

〈何度言えばわかるのだ？　我らはリンにしか触らせないと言っておるだろう！〉

〈そうにゃ。我らを触っていいのはリンだけにゃ！〉

〈話は聞くにゃ、でもそれだけにゃ！〉

「「「うう～、ずるい、優衣ちゃん！」」」

「そんなこと言われても……。契約者の特権としか言いようがないですよ」

本当にブレないなあ、従魔《じゅうま》たちは。

そんな従魔《じゅうま》たちに女性陣はがっくりと項垂《うなだ》れ、男性陣が笑っている。

「で、相談ってなんだい？」

お餅を食べながらヨシキさんが話しかけてくれる。

「『フライハイト』のメンバーに、私のことを話したいと思っているんです。グレイさんとユーリアさんのことは信頼しているんですけど、二人は王族に近い立場なのである意味怖いんですよね……」

「そうだな。従魔《じゅうま》たちのことは話したのか？」

「話しました。登録のし直しも終わっていますし。もちろん、口止めをしました。ただ、王族にだけは話すと言っていたので、どうなるのかが不安で……」

悪いようにはならないとは思うけど、種族が種族だけに、王族の誰かから話が漏れて、従魔《じゅうま》たちが狙われやしないかかなり不安なのだ。

それに、もしかしたら私自身も狙われるかもしれない。

従魔《じゅうま》たちは、ダンジョンの中は別として、基本的に私の言うことしか聞かないから。

お馬鹿な貴族とか……ね。今はほとんどいないってグレイさんが言っていたけど、あくどいことを考えたり魔が差したりする人はどこにでもいるわけで……

「以前も言ったが、エアハルトはともかく、俺たちはエアハルト以外の『フライハイト』のメンバーを知らないからな。まだ話さないほうがいいとしか言いようがない」

「そうだな。俺もまだ話さないほうがいいと思う」

「ヨシキさん、エアハルトさん……」

「グレイとユーリアがどう考えるかはわからないが、王家に連《つら》なる者として、ユイが渡り人だと王族に知らせようとするかもしれない。ラズたちのことを話したばかりだろう？　王族はまだ混乱しているはずだ。それに加えてユイが渡り人だと知られてみろ、下手をすれば王宮に監禁されるかもしれない」

「ですよね……」

そうなのだ。

王様がそんなことをするとは思えないし、グレイさんたちが護ってくれると思うけど、なにかで読んだ話のように、渡り人がこの国に有用な知識を持っていると考えて監禁されたりするかもしれないじゃないか。

私が持っている知識なんて、たいしたことはない。みなさんに教えたものだけだよ？　主に料理。あとは簿記かなあ。

むしろ、転生者である『アーミーズ』のみなさんのほうがヤバイと思うんだよね。天《てん》寿《じゅ》を全うしてこの世界に転生したぶん、私よりも知識が豊富だと思うから。

だからこそ、『アーミーズ』のみなさんは自分から転生者だってことは言ったりしないんだとか。

それを聞いていたからこそ、私も躊躇《ためら》ったというのもある。

うーん、難しい。

「話すにしても、タクミとミユキが一緒にいたほうがいいな」

「そうだな。俺のときもそうだったし」

「そうですね。わかりました。もう少し待ってみます。従魔《じゅうま》たちに対して王様たちがどうするつもりかもわからないし、タイミングを計ります」

「ああ」

そのほうがいいと頷くエアハルトさんとヨシキさん。

「そういえば……今さらなんですけど、こんなところで話しちゃいましたけど、大丈夫ですか？」

「本当に今さらだな、優衣。まあ、大丈夫だよ。ここの庭だけじゃなくて、家全体にも防音の結界が張られているから」

「さすが。用意周到《よういしゅうとう》ですねぇ」

話したあとで気づくなんて、遅すぎるよね～、私。

これだとアントス様のことを言えなくなると若干凹みつつ、また雑談を始めた。

その後、堅苦しい話は終わり！　とばかりに、再びお餅をつき始める『アーミーズ』のみなさん。今度は保存用に豆餅やよもぎ餅を作り、餡子《あんこ》があるから、草餅というか草まんじゅうも作るんだって。

おお、草まんじゅう！　私も食べたい！

薬草の中によもぎがあるからね。母と一緒に提供しましたとも。

「いいですね、これ。餡子《あんこ》はそんなに甘くないのに、草餅との相性は抜群です！　美味しい！」

「そうだな。いいな、このクサモチってやつも」

「硬くなるからお土産に持たせられないけれど、たくさん食べてね。その代わり、豆餅とよもぎ餅は持って帰って」

「ありがとう、ミユキ」

ん〜〜〜！　これは美味しい！　もう一個食べようかな？

食べ過ぎたら明日の休みにダンジョンに潜って、運動しよう……

私は【無限収納《インベントリ》】があるから、草まんじゅうをお土産にたくさんもらうことにした。

従魔《じゅうま》たちが気に入ったみたいで、すっごい勢いで食べている。

そんな勢いで食べるとお餅を喉に詰まらせるよ？　なんて心配したんだけど、小さく切ってから食べさせているからなのか、そんな心配は杞憂《きゆう》に終わった。

その代わり、お餅に慣れているはずのセイジさんが喉に詰まらせて、ヨシキさんに叱られたりしていた。大事に至らなくてよかったよ。

その後もみんなでわいわいと騒ぎながらお餅を食べて、その他にもお惣菜《そうざい》やおかずも食べて。

みんなどれだけ食べるんだろう……。さすがに私はお腹いっぱいだ。

従魔《じゅうま》たちもお腹がいっぱいになったのか、まったりしながら毛繕《けづくろ》いをしている。

夜も更けてきたし、寝るにはまだ早いけど、ぼちぼちお暇《いとま》しないといけない時間だ。

「いい時間ですし、そろそろ帰りますね」

「じゃあ俺も一緒に帰ろう」

「お、そうか。もち米や豆を提供してくれてありがとう、優衣」

「いいえ。こちらこそ、ご馳走になってありがとうございました。美味しかったです！」

「助かったわ」

「ああ、とても美味かった。ありがとう」

お互いにありがとうと言い合って、『アーミーズ』の拠点をあとにする。

うう、お腹が苦しい……。食べ過ぎてしまった……

明日の休みにダンジョンに行こうと決め、エアハルトさんと一緒に歩く。

「楽しかったか？　リン」

「はい！　エアハルトさんはどうでしたか？」

「ああ、楽しかった。たまには冒険者仲間とわいわい騒ぐのもいいよな」

「ですよね」

外だから呼び方がリンに戻ってしまったのが、なんだか寂しいなあ。

まあ、バレても困るから仕方がないんだけどね。

他にもどのお餅が美味しかったとか、また食べたいとか……エアハルトさんや従魔《じゅうま》たちと話しながら歩いていると、あっという間に『フライハイト』の拠点に着いてしまった。

「ありがとうございました、エアハルトさん」

「こっちもありがとう。おやすみ、リン」

「おやすみなさい」

挨拶をして、裏庭から自宅に戻る。途中でココッコたちの様子を見たけど、みんなすやすやと寝ていた。可愛いなあ。

ちゃっかりスマホで写真を撮ってから家の中に入り、扉にしっかり鍵をかける。

〈まだ腹がいっぱいだ……〉

〈ラズも〉

〈スミレモ〉

「私もだよ……。明日はなにをしたい？　私は運動がてらダンジョンに潜りたいんだけど、どうかな」

〈〈〈〈〈〈〈〈行く！〉〉〉〉〉〉〉〉

みんなも動きたかったようで、提案したら即答された。

その後、従魔《じゅうま》たちだけの集合写真と私を含めたみんなの写真を撮り、お風呂に入る。小さいサイズになっているから、一緒に入って洗ってあげた。

あがったあとは簡単にダンジョンに潜る用意をして、さっさと眠りにつく。

今日も一緒に寝たいみたいで、小さいサイズのままベッドに上がってきた従魔《じゅうま》たち。

うーん、もふもふツルスベ具合がたまりません！

「おやすみ、みんな」

〈〈〈〈〈〈〈〈おやすみ～〉〉〉〉〉〉〉〉

すぐにあちこちから寝息が聞こえてきて、それを聞いた私もいつの間にか寝ていた。


お休みの今日は夜明け前から起き出して、従魔《じゅうま》たちと西にある上級ダンジョンに行く。

ここのところ買い取りが少ない薬草やキノコ、野草など食材の採取。そして、お餅を食べ過ぎてしまったので運動するのが目的だ。

もともと出回っていた魚はともかく、他の魚介類は市場や商会に並んでいる数がまだまだ少ない。なので、自分たちが食べるぶんを捕りに行くのだ。

西門を出るとすぐにロキに跨《また》がり、ダンジョンを目指す。神獣になったからなのか、走るスピードが前よりも速くなっていて驚く。

それにしても、ロキかラズが風除けのような魔法を使っているのか、まったく風の抵抗を受けないのには驚いた。

あっという間にダンジョンに着いたのでギルドの建物に入ってカードを提示し、ダンジョンの中に入る。その後、第五階層に転移して、そこで薬草採取を開始です。

第六階層を目指しながら薬草などを採取する。従魔《じゅうま》たちは戦闘をしながら果物を採ってくれたし、スミレはわさびの実を採ってくれている。もちろん、ラズは薬草採取を手伝ってくれた。

第五階層で不足していた薬草などをたっぷりと採取したあと、第六階層に下りる。まずはセーフティーエリアを目指し、魔物と戦いながらドロップした魚介類を袋に入れて歩く。

従魔《じゅうま》たちが張り切っちゃって、嬉々として戦闘していた。

魚介類が大好きだからね～、従魔《じゅうま》たちは。今回も率先して戦闘しているし……

もちろん私も従魔《じゅうま》たちと一緒に戦闘をした。

動かないとヤバイからね、私も。連携しつつ、しっかり運動しましたとも。

アズラエルのレベルとランクも上げないと。武器の性能が一段階上がったからなのか、戦闘は楽だけど、そのぶんレベルとランクが上がりにくくなっている。

さすが、伝説の武器だよね。

途中で休憩を挟みつつ、奥のほうにある帰還の魔法陣の近くまで戦闘しながら移動する。

夕飯の時間までダンジョンに潜り、たくさんの魚介類をゲットして帰ってきた。

とってもいい運動になりました！

翌日、ココッコたちや薬草のお世話をしたあと、ポーションを作る。

薬草類をたくさんゲットしてきたから、私自身はほくほくした気分だ。ラズもすり潰すのを手伝ってくれるから、本当に助かる。

進化したからなのか、ラズは今まですり潰せなかった薬草も潰せるようになって、ご機嫌な様子で手伝ってくれているのがなんとも可愛い。

そのうち、簡単なポーションなら作れるようになるかもしれない。

そのあとで朝御飯を食べ、私は開店準備。今日の店番はロキとレンだ。

進化したことで普段のサイズだと店に入れなくなってしまったから、柴犬と猫サイズになっている。カウンターの上から店内を監視したり、歩いたり……

大きいのもよかったけど、小さいのもまたいい！　可愛い！

内心で悶えつつポーションを並べていると、ラズが近寄ってきて手伝ってくれた。

「よし、こんなもんかな？　ありがとう、ラズ」

〈うん！　じゃあ、庭で薬草の世話をしてくる〉

「ありがとう。採れそうなのがあったら、採っていいからね」

〈はーい〉

触手を出して返事をしたラズは、五色のスライムになって庭のほうへと行った。

おお、久しぶりに見たよ、五色に分かれたラズを。五色になると小さくなるから、あれはあれで可愛いんだよね～。

ほっこりしつつ鍵とカーテンを開けて、店を開ける。

今日も今日とて、冒険者が来てくれた。本当にありがたいなあ。

感謝しつつ、今日も頑張るぞ！　と気合いを入れた。

第二章　再び王族と

休み明けの今日、明日から二週間ダンジョンに潜るからとグレイさんがポーションを買いに来た。話があると言うので、お昼休みの時間にもう一度来てもらったんだけど……

「リン、僕たちがダンジョンから戻ってきたら、休みの日に僕と一緒に城に来てほしいんだ」

「あ～、アレですか？　従魔《じゅうま》たちのことで？」

「そう。父上と兄上が、本当に神獣なのか一度確認をしたいと言い出してね」

「なるほど。薬草の数がちょっと心配だったので泊まりでダンジョンに行こうと思ってたんですけど……。仕方ないですもんね。いいですよ」

「すまない。そのぶん、僕たちがたくさん採取してくるから」

ミルクティーを飲みながら、本当に申し訳なさそうな顔をして謝るグレイさん。

まあ、本当に神獣かを疑うのは仕方ないよね。

私だって当事者じゃなかったら、彼らのことを直接【アナライズ】で見ない限り信じないと思うし。

その後、必要な薬草を教えてほしいというので紙に書いて渡した。

その数の多さにグレイさんは苦笑していたけど、種類が多いだけで数量自体は多くいからね。

いつものように店を開き、お休みのときは森に行ったり、日帰りでダンジョンに行ったりしながら過ごした二週間後、エアハルトさんたちが帰ってきた。

買い取り分やお願いしたものとは別に、たくさんの薬草やキノコなどを採取してきてくれた。

「お疲れ様でした。わ～！　こんなにたくさん！　ありがとうございます！」

「構わない。僕たちは仲間でしょ？」

「それでも嬉しいです！」

いつもは麻袋がひとつなんだけど、相当頑張ったのか、麻袋が三つもあった。買い取ったのは一袋分だけど、それ以外はお土産ということでいただいてしまった……

ちょっと申し訳ないと思ったけど、ありがたくいただいておきますとも。

「で、例の件で話をしたいんだけど……」

「なら、夕方拠点に行きます。それでいいですか？　グレイさんたちも帰ってきたばかりだし、休憩したいですよね」

「うん、ちょっとは休みたいかな。なら、夕方にご飯を食べながらね」

「はい」

今はお昼前だからね～。四人揃って顔を出してくれたんだけど、本当に疲れた顔をしていた。だから、夕方に行くと話したのだ。お客さんもいたしね。

なんだかんだとあっという間に夕方になったので、閉店作業とココッコたち、薬草の世話をしてから拠点に行く。ハンスさんのご飯を食べるのも久しぶりだなあ。

出されたご飯は野菜やお肉が入ったトルティーヤと、玉ねぎがたっぷり入った卵スープでした。

それはともかく。

グレイさんに、次の休みはいつか聞かれたので明日だと答えた。

「なら、さっそく明日なんだけど、僕と城に行ってほしいんだ」

「もちろん、従魔《じゅうま》たちも一緒にですよね」

「ああ。確認したらすぐに帰れると思うけど、どうなるかわからないのが心配なんだよね……」

〈そうなった場合、我らが暴れるが、構わないな？〉

〈そうにゃ。神獣とわかっていてリンを呼びつけるにゃ。城を壊されても文句を言えないにゃ〉

〈殺シテイイ？〉

「「それはダメ」」

一番過激な発言をしたスミレにグレイさんと一緒になってギョッとしたものの、しっかり窘めておく。じゃないと本当に殺《ヤ》りかねないんだもん、スミレをはじめとした従魔《じゅうま》たちは。

そういえばスミレは神獣になったからなのか、話し方が滑らかになった。本当に凄いなあ、従魔《じゅうま》たちは。

「もちろん、お城を壊すのもダメだ」

〈それは王族次第だな。リンを蔑《ないがし》ろにしたり傷つけたり、命令したりするようであれば〉

〈我らは城を壊すにゃ〉

〈一部と半壊と全壊、どれでも好きなものを選んで〉

〈場合ニヨッテハ、殺ス〉

「……わかった。改めて手紙で父上と兄上に注意しておくよ……」

従魔《じゅうま》たちの過激な発言は止まらず、グレイさんはがっくりと項垂《うなだ》れ、疲れたように手紙を書き始めた。従魔《じゅうま》たちがすみません。

ちなみに他の三人は苦笑している。

でも、私は嬉しいかな。これなら余計なちょっかいをかけられないだろうし、もし従《じゅう》魔《ま》たちや私に対する態度がとんでもないものなら、神酒《ソーマ》を一切納品しないことにすればいいしね。

「じゃあ、これを父上に頼む」

〈クエー〉

手紙を書き終えたグレイさんは、彼が大切にしている鷹《たか》に似た鳥型の魔物に手紙をくくりつけた。この魔物はグレイさんの従魔《じゅうま》で、主に手紙を運ぶ役目をしてくれるんだとか。

いろんな従魔《じゅうま》がいるんだなあ。

そのあとで明日の出発の時間と集合場所を決めて、解散した。

そして翌日。

「……馬車、ですか」

「ああ、みんなで乗っていこう」

「なら、ロキたちは小さくならないとダメですね」

「そのほうがいいだろう。そうすれば、王宮に入るまで誰にも見られることがないしね」

グレイさんの言葉に納得する。

途中で貴族に見つかって、ややこしいことになると困るってことなんだろう。私だって困るよ、従魔《じゅうま》たちが暴れる可能性もあるから。

そんなこんなで馬車に乗り、王宮へと行く。写真を見ただけで名前は覚えていないんだけど、ドイツにあるようなお城に似ていた。その大きさに圧倒されて、言葉が出ない。

それに対して、従魔《じゅうま》たちは落ち着いたものだった。うぅ……情けない。

だって、日本のお城ですら写真でしか見たことがないんだよ？

海外に行ったこともないんだから、そんなお城なんて見られないじゃん。

しかも、王都にいても間近で見る機会なんて滅多にないし。緊張しますとも！

「さあ、着いた。ここは王族しか入れない区画だから、ロキたちは元に戻っても大丈夫だよ」

馬車から降りると、目の前には大きな扉があった。

真っ白い壁と赤い屋根、扉の上にある壁には剣を咥えた獅子《しし》が飾られている。

この国の守護獣は獅子《しし》だってエアハルトさんが言っていたから、それでなんだろう。

グレイさんに言われたからなのか、馬車から飛び降りるとロキたちはすぐに本来の大きさになっていた。

グレイさんにエスコートされて扉に近づくと、騎士たちが扉を開けてくれた。

騎士たちは従魔《じゅうま》たちの姿に驚いて、顔色を若干青ざめさせている。

扉を開けると広い廊下があった。ところどころに花が飾られていたり、人物画がかけられている。みんな王冠を被ってマントを羽織っているから、歴代の王様なのかもしれない。

案内してくれたのは執事服を着た人だ。私たちのうしろには扉を開けてくれた騎士がいる。

執事服を着た人に案内してもらいながらしばらく歩くと、重厚な雰囲気を醸し出した扉に辿り着いた。うう……緊張する～。

「陛下、ローレンス様がお見えになりました。お連れ様もご一緒です」

「そうか。通してくれ」

部屋に入ると以前会った王様と宰相様、王様を若くしたような男性が座っていた。

腰かけるように言われたので恐縮しながら座ると、すぐに執事服を着た人から紅茶が配られる。

「おはよう。久しぶりだな、リン。その後、店はどうだ？」

「おはようございます、陛下。お久しぶりです。順調に営業させていただいております」

「そうか、それはよかった。マルクが迷惑をかけたようだが……」

「えっと、その……対処させていただきましたけど、あれでよかったのか不安です」

「ははは！　一応聞いておるが、あの程度で怒るような方ではないからな。安心していい」

「そうですか……。ありがとうございます」

店のことを覚えてくれていたことに驚いたけど、さすが王様だなと思った。

それにしても、王族だけに話すってなっていたのに、なんで宰相様がいるんだろう？

「まず、自己紹介をしてもよろしいですか？　陛下」

「ああ、そういえばクラウスはまだだったな」

「はい。はじめまして、薬師殿。クラウス・アロイス・フォン・アイデクセと言います。王太子を拝命しています」

「は、はじめまして。平民で薬師のリンと申しましゅ、あっ」

しまった、緊張しすぎて噛んだ！　恥ずかしくて顔を上げられないよ！

「ふふっ、そんなに緊張しなくて大丈夫ですよ。さあ、顔を上げて」

「うぅ……はい」

王太子様ってことは次期王様なわけで……。きっと腹黒い部分は隠してるんだろうなあ……と思いつつ、顔を上げた。

うう……笑顔が眩しいです！　なんでそんな顔をしてるのかな？　王太子様は！

「やっとお会いできました。リンが教えてくれた料理は、どれも美味しかったです。またなにかあったら教えてください」

「えっと、もうそんなにないですよ？　基本的なことは、料理教室にいらした宮廷料理人や騎士団の料理人たちに教えましたし……」

「マルクやローレンスが食べたという、ニクジャガだったかな？　あれはどうだい？」

「あ～、それくらいならいいですけど……。レシピが必要ですよね」

「そうだね。ローレンスに渡してくれるかい？」

「わかりました」

すんごいキラキラした目で見てるよ、王太子様。そんなに食べたかったのか、肉じゃがを。

あとでグレイさんにレシピを渡す約束をして、話が途切れたところで、本題に。

一旦落ち着こうと紅茶を一口啜《すす》った。

仄かにリンゴの味がするからアップルティーにしたんだろう。とても美味しい。

「あの、従魔《じゅうま》たちの話をする前に、先に質問してもいいでしょうか」

「構わないが、どうしたのかね？」

王様は優しい表情で私の質問を待ってくれている。

「不躾で申し訳ありません。王族にしか話さないとローレンス様から伺っていたんですけど、どうして宰相様がいらっしゃるんですか？」

「ああ、そうか。リンは他国から来たのだったな。エドガルは儂の弟なのだ。前陛下から公爵家を賜り、宰相となったのだよ」

おおう、まさかの王弟でした！　宰相様は側室のお子さんだったんだって。だから瞳の色とか違うらしい。

そうなんだ……と納得はしたけど、王族率が高すぎます。お腹いっぱいだよ……

「なるほど、納得しました。では、従魔《じゅうま》たちのことを話しますね」

「ああ、頼む」

まずは従魔《じゅうま》になった順番と経緯を話しながら、一匹ずつ紹介した。ラズから始めてスミレ、レン一家、ロキ一家の順番で。

名前と種族を告げるたびに驚き、徐々に顔色が悪くなっていく王様たち。

まあ、種族がかなり特殊でヤバイとアントス様が言ってたから、納得だ。

「まさか……神話に連なる種族名を聞くことになろうとはな……」

「私も驚きました。ローレンスが王族だけにしてほしいと願ったのも頷ける」

「本当に。リンには驚かされてばかりですな」

「僕も聞いたときは驚いたよ。従魔《じゅうま》の誰かだけならよかったんだけどね……、全員だからね……」

「「「はぁ……」」」

この場にいる宰相様を含めた王族が、全員揃って盛大な溜息をついている。

短期間で二回も進化しちゃってるからね、従魔《じゅうま》たちは。これは神様たちが原因だなんて言ったらもっと混乱しそうなので、しっかり黙っておきますとも。

で、念のためということで【アナライズ】をかけた王様たちは、とうとう言葉を失って顔色を真っ白にし、ソファーに深く座り込んだ。

申し訳ないとは思うけど、これは私のせいじゃないからね？

従魔《じゅうま》たちが頑張った結果だからね？

そんなことを考えつつ、みなさんが復活するのを待つ間にまた紅茶を一口啜《すす》った。

「偶然ではあるが、リンの後ろ盾になっていてよかった。我らが悪さをせぬ限り、神獣たちはなにもせぬであろう？」

〈そうだな。ただし、我らが主であるリンを傷つけようものなら、伝説の通りになると心得てほしい〉

〈場合によっては城を破壊するにゃ〉

〈綺麗に溶かしてもいいよ？〉

〈襲ッテキタラ、殺ス〉

「スミレ、それはダメ」

やっぱり過激な発言をする従魔《じゅうま》たち。スミレは本当に殺《ヤ》る気満々で困る。

きちんと窘めたけど、みんな納得していないのか、殺伐《さつばつ》とした感情が伝わってくる。

それを王様たちも感じているんだろう……。相変わらず真っ白な顔をしながらも、「わかった」と頷いていた。

「儂らはそのようなことはせぬが、もしよからぬことをする貴族がいたならば、好きにしてくれていい。できれば騎士を通じて、王宮に届け出てほしいとは思うがね」

〈いいだろう。今後はそのようにしよう〉

「頼む」

ロキがなにか含んだような言い方をしたけど、王様と宰相様はそのニュアンスもわかっているんだろう。

そして、従魔《じゅうま》たちの種族に関しては、この場だけにとどめることになった。冒険者から伝わって悪どいことを考える貴族に襲われても困るから、冒険者にも話さないでほしいと頼まれた。

「もし聞かれた場合は、どうしたらいいですか？」

「リンが話したいのならば話しても構わないだろう。ただし、他人に漏らすようであれば、王家が敵対するという旨、話してほしい」

「わかりました」

冒険者には口が軽い人もいるからね……

誰に言って誰に言わないかはきちんと見極めないと。

「とりあえず、リンの従魔《じゅうま》に関してはわかった。我らも気をつけることにしよう」

王様や宰相様が味方になってくれるようでホッと一息ついた。

大丈夫だとは思っていたけれど、利用されてしまう可能性もあったからね……

「あ、そうだ。先ほどのニクジャガだけど、あとでローレンスを通じて報酬を払うよ。欲しいものはあるかな？　遠慮なく言ってほしい」

王太子様が思い出したかのように話し出した。

「え？　えっと、本当にいいんですか？」

「もちろん。お金でも、土地でも、なんでもどうぞ」

「それなら、上級ダンジョンや特別ダンジョン、または、他国の珍しい薬草か果物が欲しいです」

「え？　そんなのでいいのかい？」

「はい。お金は私や従魔《じゅうま》たちが暮らせるくらいのぶんは稼げていますし、家もあります。私は薬師ですし、薬草が一番嬉しいんです。ローレンス様を含めた冒険者のみなさんに依頼を出したりしていますけど、それでも足りないときがあるので」

　これはマジな話だ。

　最近は従魔《じゅうま》たちと一緒なら一人でもダンジョンに潜れるほどのランクとレベルになったけど、上級ランクの冒険者が増えたのか、あるいは他国から流れてきているのか、以前よりも一日に売れるポーションの数が増えている。

　だから、薬草はいくらあってもありすぎるということはないのだ。

　そんなことを考えていたら、王太子様が突然笑い出した。

「あははははっ！　本当に聞いていた通りの子なんだね、リンは。ますます気に入ったよ。どうだい？　私の側妃《そくひ》にならないかい？」

「お断りします。そもそも私は平民なので、側妃《そくひ》にはなれないと思います。それに、マルク様の孫にならないかという申し出すら断っているのに、王太子様の側妃《そくひ》なんて、もっと無理に決まってるじゃないですか」

「王族の命令でもかい？」

〈その場合は、この城を壊してもいいが？〉

〈アナタダケヲ、殺ス手モアル〉

〈もういっそのこと、この部屋ごと壊したほうが早いにゃ〉

「ダメだってば！」

王太子様の言葉に、ロキとスミレとレンが反応した。ラズに至っては、すでにテーブルの一部を溶かそうとしているし、シマとソラとユキとロックは魔法を発動しようとしてるし！

やめてくれーーー！　牢屋に入れられるじゃないか！

「いい加減にせぬか、クラウス！　城が壊されるであろう！」

「壊せるものならば、どうぞ」

「クラウス！」

王様が王太子様を窘めるが、王太子様は止まらない。

〈そうか、許可が出たな。では壊すとしよう〉

「ロキ、みんなも！　ダメ！」

ロキの低い声に一瞬呆けた顔をした王太子様に対し、王様と宰相様、グレイさんが慌てている。私も止めたけど、従魔《じゅうま》たちのほうが早かった。


ドーーーーン!!

ガシャン！　パリン！


そんな音と同時に壁と窓が壊れ、土埃《つちぼこり》が舞う。気がついたらテーブルが半分なくなっていて、ティーカップが割れる音がした。

そして土埃《つちぼこり》が晴れると、窓ガラスは割れ粉々になって床に落ちているし、窓際にあった壁には穴がぽっかりと開いていた。

その音を聞きつけた騎士たちは扉から飛び込んできたが、中の惨状《さんじょう》を呆然としながら見ている。

「やめよ、と儂は言ったな？　クラウス」

「……まさか、本当に壊すとは思わなかったのです」

「あれだけリンの従魔《じゅうま》たちを煽《あお》っておきながら、冗談や悪戯だったではすまされぬ！」

「申し訳ありません……」

王様に怒鳴られ、王太子様は形式上謝っているけどまったく悪びれていない様子だ。

内心で呆れつつ、まずは私もしっかり宣言しておくことにした。

そうじゃないと、またなにを言われるかわかったもんじゃないし。

「今度そんな冗談を言ったら、神酒《ソーマ》を含めたポーション類は、騎士団も含め、王家にも一切納品しませんから」

「この国にいられなくなるよ？」

「別に構いません。ダンジョンがあるのはこの国だけではないですし、もともと私はこの国の人間でもないですし。【家《ハウス》】もお金もありますから、今すぐにでも出ていってもいいですよ？」

「いい加減にせよ、クラウス！　しばらく謹慎しておれ！　修繕費はそなたの個人費用から出してもらうぞ！」

反省の色が見えない王太子様に王様が改めて怒る。

そして、怒っているのは王様だけではなく……

「わかりました。……いたっ」

〈殺スッテ言ッタ〉

いつの間にか王太子様に近づいたスミレが、王太子様の右手の親指にガブっと噛み付いていた。

みるみるうちに王太子様の右手が黒くなって腫れあがっている。

さっきまで楽しそうというかにこにこというか、腹黒っぽい笑みを浮かべていたのに、スミレの言葉にサーっと顔色をなくしていく王太子様。

やっと従魔《じゅうま》たちが本気だということがわかったみたい。いくらなんでも遅すぎるでしょ！

なにをやっているんだろう、この人は。

暴走癖でもあるの？　それとも、自殺願望でもあるんだろうか。

この人が次期国王で大丈夫なのかなあ？　とちょっと呆れつつ、万能薬を渡す。

〈これで貸しだ、王太子よ。二度とリンに冗談や悪戯を仕掛けようとするなよ？〉

〈今度ヤッタラ、即死魔法ヲカケル〉

「う……わかった。降参だよ。もうなにもしない」

「まったく……。どうしてそなたは、気に入った人間に悪戯を仕掛けようとするのだ？

それだから妻や子に嫌われるのだ」

「……」

王様の言葉に、そっぽを向いて不貞腐《ふてくさ》れる王太子様。

悪戯だったんかーーーいっ！

って思いっきり叫びたいけど、そんなことができるような雰囲気じゃなくて……

王様と宰相様、グレイさんにまで怒られ、王太子様はがっくりと肩を落としたのだった。

項垂《うなだ》れた王太子様を、従魔《じゅうま》たちも私も、もちろんこの場にいる王族たちや騎士たちも冷たい目で見ている。当然だよね。本人は冗談や悪戯のつもりだったんだろうけど、度が過ぎて従魔《じゅうま》たちを怒らせたんだから。

しかも、王様が窘めているのに聞く耳を持たなかったし。

「本当にすまない、リン、そして従魔《じゅうま》たちよ。もう一度しっかりこやつを叱っておこう」

〈そうしてくれ。次はこれですむとは思うなよ？〉

「わかっている」

精神的に疲れたのか、王様も宰相様も、グレイさんですらもぐったりとしている。

本当ならもっと話をしたかったそうなんだけど、部屋が凄いことになっているので結局はおひらきになった。まあ、そこは仕方ないか。

王太子様がやらかさなければ、こんなことにはならなかったもんね。

出口まで案内されている途中、廊下の壁に飾られている絵について聞いた。

グレイさんによると、やはりあの絵は歴代の王様の肖像画だそうだ。

一緒にこの国の歴史も少し教えてくれたんだけど……この国はもともとは今のように大きな国ではなく、とても小さな国だったそうだ。

当時は戦争が相次いでいて小国がどんどん潰されていたそうなんだけど、ある日この国を守護するように現れたのが金色《こんじき》の獅子《しし》だったという。

その獅子《しし》と当時の王族や民の頑張りにより、徐々に大きくなって今の国になったんだって。その獅子《しし》が国中に広まっているペンダントの御守りのデザインになっている、守護獣なんだとか。

以前、ダンジョンでエアハルトさんにもらったペンダントと同じだ。

「凄いですね。その守護獣は、今どうしているんですか？」

「伝説によると、当時契約していた王が亡くなったと同時に死んだとも、どこかに行ったとも、神のところにいるともいわれているけど、本当のところはわからないんだ」

「そうですか……」

なんだかアントス様に聞いた、私たちの関係みたいだと思った。

もしそうならば、王様と金色《こんじき》の獅子《しし》は今も一緒にいるんだろうなあ。
そんな話をしているうちに、出口に着いた。
そのまま馬車にのり込むと、すぐに馬車が走り出す。
「あのね、リン。実は……」
先ほどとは打って変わって、歯切れの悪い様子のグレイさん。
そして珍しくなにか思い悩むような顔をして、眉間《みけん》に皺を寄せていた。
いったいどうしちゃったんだろうか。
〈御者がさっきと違っていたようだが？　どういうことだ、グレイ〉
「え？　えっと……あの、ね……その……」
グレイさんの口がなにか言いたそうに開け閉じして、目が思いっきり泳いでいる。
すっごく怪しいんだけど！
それは従魔《じゅうま》たちも思ったようで、次々に質問攻めにしていく。
〈さっき王太子になにか言われてたにゃ〉
〈今すぐ吐くにゃ〉
〈また腕をなくす？〉
「……っ」

〈〈〈素直に吐け！〉〉〉

「実はね……」

ロキとレン、シマとラズに詰め寄られて観念したのかグレイさんが疲れたように溜息をつく。

目を泳がせ、しどろもどろになりながらも、王太子様にとある侯爵家の偵察《ていさつ》と、その囮をグレイさんと私にやってほしいと頼まれたと白状した。

王太子様の命令だったから、とても言いづらかったそうだ。

当然のことながら、私は平民だから巻き込むのはやめろとも言ったし全力で断ったけど、「王太子命令だ」と強く言われてしまったら頷かざるを得ない。

グレイさん自身はすでに王位継承権を放棄して冒険者になっているし、王族としての責務のほとんどを、兄である王太子様に丸投げした後ろめたさもあって断りきれなかったという。

「リンは仲間だし、僕は妹のように可愛がっているからって言ったんだけどね……」

〈それなのに、王太子は強要したと〉

「ああ」

ユーリアさんとの婚約を強制的に解消するとまで脅されたらしい。

その話に、従魔《じゅうま》たち——特に問い詰めていた四匹は激怒。

グレイさんに対しても怒っているけど、それ以上に王太子様に対してキレた。

私としては、前もって言ってくれれば手伝うことは吝《やぶさ》かじゃないけどさ……

ずいぶん勝手なことを言うんだね、王太子様は。

実はこれも悪戯や冗談でした！　なんてことではすまされない案件だよ？

なんて思っていたら従魔《じゅうま》たちもそう思ったらしく、激おこでした。

〈ほう……そうか。我らの話は一切聞かないということなのだな？　あの王太子は〉

「殺すのは止めてね？　兄上の子どもはまだ小さいし、父上が健在だとはいえ、僕の王位継承権を復活されるなんて嫌だから！　僕は婚姻したあと、家臣としてこの国を支えていきたいんだ」

そう言ったグレイさんは、温泉に行った帰りにユーリアさんと一緒に頷きあっていたときと同じ目をしていた。

そんな様子を、ロキだけが優しく見守っている。

〈なら、王太子が住んでるところを破壊するにゃ〉

〈テーブルを溶かすよ、ラズは〉

〈〈破壊するにゃー〉〉

〈オレも壁を壊す！〉

〈コ……〉

「「殺すのはダメだから！」」

ああ、あんなに可愛かったスミレが過激な子になってしまった！

怒ってくれるのは嬉しいけど、なんでもかんでも殺すって言うのはダメだよ、スミレ……

帰ったら本当に叱らないとダメだと決意しつつ、私もしっかり宣言しておかないと。

「グレイさん、いえ、ローレンス様。さっき話したばかりなのにまたこんなことをやれって言うんだから、ポーションはいらないってことでいいんですよね？」

「え……!? それは困るんだけど！」

「別に困らないですよね。今、神酒《ソーマ》は手元にあるでしょうし、ポーションも、他の薬師がいるから問題ないはずです。なので、王族にも騎士団にも、二度と納品しませんから」

「リン……」

「もちろん、ローレンス様が買って王宮に届けるのもダメです。あと、元騎士や冒険者に頼むのも」

転売扱いになるから、もともとできないんだけどね。

それを知っているからか、グレイさんが「バカ兄上……！」とぼやき、がっくりと項《うな》垂《だ》れた。

「だから、やるなら僕だけにしてくれって言ったのに……。わかった。伝えておくよ」

〈あとで王太子が住まう場所を教えてくれ〉

〈王太子が住まう場所だけでいいにゃ〉

〈他は関係にゃいからにゃ〉

「ああ、それは助かる。王太子妃や子どもたちには先に避難するように伝えておくよ。もちろん、兄上《あねうえ》には内緒にするように言っておくから。あと、父上にも伝えておかないと……」

〈それくらいならいいだろう〉

激おこな従魔《じゅうま》たちにグレイさんも諦めたのか、被害を最小に抑えることを考えているようだ。

そして、王太子様に報酬を出させるから、囮役を手伝ってほしいと言われたので頷いた。もちろん、従魔《じゅうま》たちもね。

最初からそう言ってくれれば、こんな物騒なことにはならなかったのにね。

そんなことを伝えたらグレイさんは、私を巻き込むこと自体したくなかったと溜息をつき、謝罪してくれた。王族なのに、本当にこういうところは王族らしくない。

グレイさん自身はなにも言わないけど、私のことを護るべき存在と感じているのかも。

妹だと言ってくれているし。

囮役として侯爵家でなにをすればいいのか聞いていると、馬車が停まった。

「じゃあ、打ち合わせ通りにね」

〈〈〈〈〈〈〈わかった！〉〉〉〉〉〉〉

侯爵家のほうも自らの悪事がバレていると察していたのか、私たちの馬車が停まると同時に武器を持った人々が現れた。

外から扉が開かれると同時に、外にいた人をスミレが糸で簀巻《すま》きにし、ラズも触手を出して捕まえている。それからスミレはロキの頭の上にのると、一緒に飛び出していった。

レンの頭上にはラズが陣取り、ロキの側にはシマが、レンの側にはロックが、私の護衛としてユキとソラが残る。

私たちは馬車の中に残っています。動くなと言われているからね。

グレイさんもロキたちと一緒に飛び出して、襲ってきた人たちと戦いながら峰打《みねう》ちだっけ？　鞘《さお》に入ったままの剣で殴って気絶させている。かなり手加減しているみたい。

私たちに向かってきた人はソラとユキが猫パンチで倒していて、私も一応大鎌を出しているけど戦うと傷つけちゃうから、牽制《けんせい》だけしている。こういうことができるようになったのも、スサノオ様と戦闘訓練をしたおかげだ。

みんなで戦っているうちに、あっという間にすべての人が捕縛され、庭に連れてこられていた。

というか、私たちは囮役じゃなかったっけ？　いきなり戦闘になっちゃったけど、大丈夫なの？　これ。

そんなことを考えていたら、そこに団長さんを含めた騎士をたくさん連れてきた王太子様が颯爽《さっそう》と現れた。騎士たちの半分は庭にいる人々の下へ行き、残りは屋敷に入っていったから、これからいろいろと調べるんだろう。

この場に残ったのは、王太子様とグレイさんだけだ。

従魔《じゅうま》たちは不機嫌な様子で王太子様を睨みつけて唸っているし、グレイさんは疲れた様子で溜息をついている。

私も溜息をつきたいけど、それよりも怒りのほうが先にきた。

王様から謹慎を言い渡されたばかりなのに、なんでここにいるのかな⁉

そこに王太子様の楽しそうな声が響く。

「いや～、ご苦労！　助かったぞ、ローレンス、リン。報酬も弾むからね」

「いえ……」

「そうですか。私はともかく、神獣である従魔《じゅうま》たちを勝手に囮にして使ったんですから、彼らの報復は甘んじて受けてくださいね。報酬ですけど、今後一切関わらないことと、さっきのとは別に、薬草を十倍の量にしてください」

「僕も今回の件については父上に話をします」

私とグレイさんの言葉に、ギョッとした顔をする王太子様。え？　当然だよね？

「は？」

「それと、騎士団や王家には、二度とポーションを納品しませんから、そのつもりで」

「えっ⁉」

「一時間しかたっていないのに、ロキが二度目はないと語ったことを忘れたとか言いませんよね？」

さっき話したばかりなのに、どうして忘れてるのかな？

それとも、平民の戯言《ざれごと》だと思ったんだろうか。

私は普通の平民ではないし、この国どころかこの世界の住民でもないので、そこはしっかり言いますとも。王太子様相手だからって遠慮しません。

不敬罪？　知らんがな。

グレイさんと王様を敬う気持ちはあるけど、王太子様に対しては微塵《みじん》も感じない。

まさか私にそんなことを言われると思っていなかったのか、王太子様は唖然としながら私を見ている。それを無視して、グレイさんに向き直る。

「ローレンス様、これで終わりですよね」

「あ、ああ」

「じゃあ、帰りますね。みんな、おうちに帰るよ～」

〈〈〈〈〈〈〈〈わかった！〉〉〉〉〉〉〉〉

「ちょっ、リン！　できれば一緒に王城に行って、父上に説明してほしいんだけど！」

「さすがにそれは無理です！　一人で行ってくださいよ」

「ええ～……」

グレイさんは嫌そうにしているけど、私だって知ったこっちゃありません。

グレイさんには同情の気持ちもあるが、相談もなくいきなり勝手に巻き込んだんだから、それくらい一人でやってほしいよ。

のほほんとしてるように見えるかもしれないけど、私だって怒るときは怒るんです。

「では、お先に失礼します」

「リン、悪かったってば！　せめて家まで送らせてよ！」

「大丈夫です。みんな、行こう」

〈神獣すら囮にする王族の話を聞く耳は持たぬ〉

〈神獣がなにかわかっていないのかもね。愚かの極み〉

冷ややかな目と口調で、ロキとラズが言い放つ。

その言葉に鼻白《はなじろ》んだ王太子様がなにか言おうと口を開いたけど、それよりも先に私を背中にのせたロキたちは侯爵家から走り出した。

言い訳でもしようとしたんだろうけど、知らないし、聞きたくもない。

家に帰る前に一度拠点に寄って、エアハルトさん、アレクさん、ユーリアさんにそれまでのことを話す。すると、三人揃って顔色を真っ白にしていた。

「国を滅ぼしたいのか？　殿下は」

「なにをしていらっしゃるのかしら、クラウス殿下は！」

「相変わらず暴走なさっておいでですか……。困ったお方ですね」

三人ともゲンナリとした様子……

「そんなに暴走する方なんですか？　王太子様って」

「好き嫌いがはっきりしていらっしゃる方ですからね。気に入った方にはとことん悪戯をして、嫌われるのです」

「そうですわね。王族としての役目はきちんとわかっておいでですし、公務もされるお方なのですけれど、ときどき暴走して羽目を外されることがあるのですわ」

「そして必ずグレイ様が巻き込まれます」

「その尻ぬぐいをするのもグレイ様ですわ」

「うわあ……」

　エアハルトさんを筆頭に、アレクさんもユーリアさんも困ったように溜息をついて、王太子様のことを話してくれる。

　それを聞いて、好きな女の子をいじめる小学生男子か！　って思ったよ。

　本当に王族は嫌だ、ただでさえ権力を持っていてややこしいのに、暴走癖のある王族なんて近寄りたくない！　と、つくづくそう思った日だった。

　それにしても、グレイさんがいる以上私の事情は必ず王家に伝わるし、また王太子様に悪戯を仕掛けられる可能性はあるんだよね。

　グレイさんとユーリアさんに私のことを話しても大丈夫なのかな……

　とりあえず、王太子様には二度と会う気はないし、あとで考えようと思い、自宅に帰ってきた。

　そこで従魔《じゅうま》たちをしっかり叱り、ちゃんと反省させた。

怒ってくれるのは嬉しいけど、あまりにも度が過ぎると、逆に討伐《とうばつ》や排除の対象になりかねないと諭したら、わかってくれた。国から指名手配なんてされたら、たまったもんじゃないしね。

その後、遅いお昼を食べたあとは従魔《じゅうま》たちやココッコたちと遊んだり、薬草の世話をして過ごした、その日の夜。

従魔《じゅうま》たちが庭に行くと出かけたあと、しばらくしてから、お城がある方向から轟音《ごうおん》が聞こえた。

「…………本当にやったんだ」

激おこだったからわかるけど、私は本当にやるとは思ってなかったよ……

内心で溜息をついたあと、ポーションを作っているとみんなが帰ってきた。従魔《じゅうま》たちの主人として一応叱り、みんなをお風呂に入れたあとでもふもふなでなでし、一緒に眠った。

翌朝、開店前にグレイさんがやってきた。

なんだか疲れた顔をしていたからどうしたのか聞いたんだけど……

どうやら昨日、王様に報告するために馬車にのろうとしたら王太子様に捕まり、朝まで侯爵家の家中を捜索して、不正の証拠を探し回っていたんだって。

無事に証拠を見つけ、王宮に届け出たときに王様に会い、王太子様がやらかしたことを愚痴《ぐち》とともに吐き出して、王様と王妃様に慰めてもらったという。

今ごろ王太子様は両陛下にがっつりと説教されているだろうと、グレイさんが疲れたように教えてくれた。

そして、王様と宰相様からお詫びの手紙と、王太子様から報酬の一部として薬草と果物、お金を預かってきたとグレイさんから渡された。お金はいらないんだけどなあ。

というか、お詫びをするよりも、王太子様をきっちり躾けてほしいです、王様……

「もう、本当に勘弁してくださいね。いくらグレイさんと同じパーティーメンバーだとしても、私は平民なんです。前もって言ってくれたなら、内容によっては手伝うことも吝《やぶさ》かではないですけど、昨日みたいにいきなりとかはやめてください」

「ああ、わかっている。言い訳をするわけではないけど、僕はしっかりと兄上を止めたからね？　リンを利用するつもりはなかったんだ……そこだけは勘違いしないでほしい。まあ、結局兄上に押し切られてしまったけど……」

「グレイさん自身、王太子様には負い目を感じていて強くは言えないって話してましたしね。わかりました。で、騎士団への納品ですけど、急に止めたら迷惑をかけそうなので、しばらくの間、納品本数を減らします」

「ありがとう、助かるよ。まあ、ハイ系を作れる薬師が増えてきたからね。そのうちリンが納品しなくても問題なく回るようになるだろう。というか、もともとそういう方向に持っていこうと考えていたんだ。そうじゃないと、リンもそろそろきついだろう？」

グレイさんにそう言われて頷く。

納品本数自体は負担ではないけど、お店で売れる本数が増えたせいで薬草が足りなくて、いろいろきつくなってきているのだ。

だけど、一番最初に仕事をくれたのは騎士団だし、ダンジョンの件ではお世話になったから今まで頑張って納品してきた。彼らあっての、今の私がいるわけだし。

王家に納品？　知りません。

まあ、もちろん場合にもよるけど、王家に納品しないのは一時的なものだと決めているので、そこはあとでグレイさん経由で王様に手紙を渡してもらおうと思っている。王太子様には内緒にしてもらってね。

ずっと震えているがいい、王太子様。まだまだ怒りが持続してますが、なにか。

それはともかく。

「確かにきついですけど、それは薬草が足りないからであって、納品自体がきついわけではないです。今は母もいますから」

「そうか、そうだね。薬草自体が間に合っていないだけなら、なんとかなるかい？」

「そうですね。依頼の回数を増やすか私自身が潜るのが一番いいとは思うんですけど、今はお店がお休みのときにしか潜れないので……ダンジョンによっては数があまり採れないですし」

「一番いいのはどこだい？」

「今のところ特別ダンジョンですかね？　あそこは中級ダンジョンの薬草以外にも他の上級ダンジョンの薬草もありますから、一回潜るとかなりの数を採取できるんです」

　私の言葉に、グレイさんはなるほどと頷いている。

「これはエアハルトと相談してからになるけど、そろそろ雨季がくるから、その連休にまた特別ダンジョンに潜るかい？」

「え？　雨季にも休みがあるんですか？」

「ああ」

　グレイさんによると、雨季は六月から七月にかけて続く長雨のことだそうだ。話を聞く限り梅雨のことだと思った。この世界の梅雨は雨季っていうのか～。

「去年はどうしていたんだい？」

「去年はちょうどこの国に来たばかりのころでしたし、お店の改装中だったんです。なので、お休みのことは知らないんですよ」

「ああ、そうなんだね」

で、お休みなんだけど、冬と同じように一週間のお休みが二回か、二週間のお休みが一回あるそうだ。そのときに特別ダンジョンに潜ったらどうだろうという提案を受けたので、頷いた。できればもう少し深い階層にも潜ってみたいしね。

その話は休みが近くなってからまた話そうということになり、おひらきとなった。

「あ。そう言えば、昨日の夜に凄い音がしたんですけど、もしかして……」

「ああ……、あれね。兄上が持っている宮殿に王太子宮っていうのがあるんだけど、その建物の一部が崩壊してね……」

「やっぱり……。王太子妃様たちに怪我はなかったんですか?」

怪我をさせたとなるとヤバイ。いくら王太子様に非があるとしても、従魔《じゅうま》の主で平民である私を捕えることは簡単だと思うんだよね。

だから、怪我だけは心配してたんだけど……。

「なかったと聞いているよ。兄上には正妃と側妃《そくひ》が二人、子どもが四人いるけれど、両親たちと食事をしていて無事だったそうだ。しかも、崩壊したのは兄上がよく使う部屋と執務室だけだったし、その時間は誰もいなくてね。怪我人は誰一人としていなかったそうだよ」

「そうですか。それはよかったです」

「まさか、本当にやるとは……と兄上が言っていたよ。その言葉に父上が激怒して、今兄上は部屋に厳重に軟禁されている。まあ、謹慎中だったのに抜け出したことを父上に知られて、叔父上――宰相と一緒になって叱られていたけどね。二百年は王太子位を剥奪《はくだつ》、その間は王太子領にこもってしっかり反省及び、領地経営をしろと言われたそうだ。直らなかったら兄上の一番上の王子が王太子になるし、もしものときのために教育もしっかりされている。もちろん、僕も叱られたよ……いくら王太子の命令といえど、どうして平民のリンを巻き込むんだとね」

「うわ～……。私、処罰されませんかね？」

「大丈夫だよ。父上も叔父上も、『よくやった！』って言っていたから」

　これで暴走癖も治るといいんだけど……とぼやいたグレイさんは、溜息をついて顔を顰《しか》めていた。

　王太子様についてはとりあえず一安心……って感じだけど、王様も宰相様も大丈夫なのかな。

よくやったって……

その後、グレイさんを見送るついでにココッコたちの小屋の掃除や餌と水やりをして、薬草や樹木に肥料と水撒きをする。

本当に便利です、スライムゼリーは。薄める量によってはとんでもないことになるけど、そこは加減しながら肥料として月に二回、与えている。そのおかげもあるのかいつも艶々で、元気な薬草になっていた。

害虫に関しても、スミレやココッコたち、ラズが排除してくれるから虫食いの葉っぱもない。

そんなことをしていると、小さくなった従魔《じゅうま》たちとココッコたちが、庭いっぱいを走り回って遊んでいる。途中で私のところに突撃して、次々にもふもふ攻撃をしてくる。

くぅ～！　愛《う》い奴じゃー！

私ももふり攻撃をして、みんなを撫で回す。王太子様とのことなんか忘れそうだ。

そのあとはご飯を食べて、ポーションの数と在庫を確認して、足りないポーションを作る。最近はハイパー系と万能薬がよく出るから多めに作っている。

ハイ系も売れているけど、グレイさんが言っていた通り、他の薬師が作れるようになってきたからなのか、買うのは別の国からきた人やどうしても間に合わない人、あとは瓶の交換で出るぶんくらいだった。

「そろそろ、交換の対象はハイ系じゃなくて、ハイパー系に変えたほうがいいのかなあ」

それだと赤字になりかねないから、万能薬だけにしてもいいかも。

ハイ系も少なくなったとはいえ結局は売れているから、なくすわけにもいかないのが現状なんだけどね。なので、様子を見ながら変更していこうと思う。

その三日後、グレイさんが薬草と果物を持ってきた。その数、麻袋三つ分ずつ。これは王太子様からの報酬だそうだ。薬草はともかく、果物はこの国に来て初めて見たものだった。

果物のうちのひとつはドラゴンフルーツで、もうひとつはパイナップルだった。あとのひとつはこの世界独特のものなんだろう、日本でも見たことがないものだった。どんな味なのか、食べるのが楽しみ！

さらにその二週間後に麻袋二十袋分の薬草をグレイさんからもらった。

十袋分は囮役の報酬だろうけど、残りに関してはまったく覚えがなかったから聞いたところ、王様と宰相様、王太子妃様からで、王太子様に対する制裁の褒美だそうだ。

「それくらい、兄上には困っていたんだよ。今まで性質の悪い悪戯と冗談をやってきたツケが回ってきた結果だ。まあ、当然だよね。リンのように被害に遭っている人がいるんだから。あと、神獣からの伝言で、『またやったら、今度こそ死、あるのみ』と言われたそうで、父上たちは今度こそはと喜んでいたんだ」

「うわ～……。今度こそ、その暴走癖が治るといいですね」

「二百年の間に治さないと完全に王太子位から降ろして王族籍を抜き、かなり低い爵位に落として臣下にしたうえで、王太子は兄上の息子にすると言われていたからね。真面目にもなるだろう」

ずいぶんと思い切ったことを言ったんだね、王様は。

それに、そんな伝言を残しているとは思わなかった。

まあ、それだけ怒っていたんだろうなあ、従魔《じゅうま》たちは。

だけど、本当に真面目になるのかなあ？　腹黒っぽい人だよ？

次期国王がそんな性格だと思うとこの国の行く末が心配ではあるけど、今後一切私たちに対してちょっかいをかけなければいいかと冷たいことを考えつつ、薬草をありがたく頂戴したのだった。

「制裁の褒美って……」

第三章　合同で特別ダンジョン攻略

グレイさんからたくさんの薬草をもらった一週間後、さらに薬草と果物が届けられた。これは王太子妃様からで、王太子様が一切悪戯や冗談を仕掛けなくなったから、そのお礼だとグレイさんに言われた。

もちろん言葉としての冗談は言うけど、行動に移すことはなくなったんだって。行動に移すと国民に迷惑がかかるからね〜。それをようやく悟ったらしいと、添えられていた手紙に書いてあった。

さすがにそれは遅すぎるんじゃない？　王太子様。

それと王様からの言葉も効いたみたいで、領地でしっかり真面目にやっているそうだ。いつまで保つのかな？　そこが心配だ。

側妃《そくひ》様共々仲直りもして、今は関係を修復中なんだって。王太子妃様たちも大変だったんだね。

もちろん、グレイさんも改めてこってり絞られたそうだ。

『平民のリンを危険に晒し、神獣を囮にするとは何事か！　我が国を滅ぼすつもりか！』

『それで後ろ盾を名のるなど情けない！　どんなことをしてもリンを護ってこその、後ろ盾だろう！』

　そんな言葉を皮切りに、王様と宰相様から小一時間ほどお叱りを受けたらしい。

それに、ユーリアさんにも散々叱られたんだとか。

「もう二度と兄上には関わらせない」とすんごいしょんぼりした顔で肩を落とし、反省していた。だからといって、王宮にポーションを納品しない期間を短くするつもりはないけどね！


　そんな話を聞いた三日後。店から外を眺めていたら、雨が降ってきた。そろそろ梅雨――じゃなくて雨季になろうかという時期になってきたのかな。

日に日に雨が降る日が増えてきて、お店がある通りも来週から二週間休みにしようと連絡がきたのだ。

「リンはどうするんだ？」

「ダンジョンに潜ろうと思っています。なので、武器を見てもらってもいいですか？」

「おう」

この通りにあるお店の会長をしているのはゴルドさんだ。

各通りの会長が集まって、どこの通りがいつ休みを取るのか決めているんだって。ゴルドさんはその決まったことをあちこち回って教えてくれているのだ。

店が隣にある関係上、たいてい私のところに一番最後にやってくるので、ついでに武器の点検をお願いしたというわけ。

ちょうどお昼の閉店時間だからと閉店作業を母に任せ、私や従魔《じゅうま》たちの武器や装備品を見せる。

「採取用のナイフがそろそろ危ないが、まだ平気だな」

「なるほど。じゃあ、今回潜るぶんには問題ないですか？」

「ああ。帰ってきたときにもう一度見せろ。そのとき次第だな」

「わかりました」

大鎌はメンテをしなくても大丈夫だけど、採取用のナイフはしょっちゅう使うから、ダメになるのが早い。毎日使っているから仕方ないよね……と思いつつ、リュックにナイフをしまった。

従魔《じゅうま》たちの装備はまったく問題ないそうで、お金を払ったあとでゴルドさんのお店を出て家に帰ってきた。そのあとお昼ご飯を食べてから作業をする。

「よし。王様と王太子様、王太子妃様にもらった薬草もまだまだたんまりあるから、ポーションを作っておこうかな」

〈なにかいるものはある？〉

「そうだなあ……ミントとオレガノ、レモンバームが欲しいかな。お願いしてもいい？　ラズ」

〈いいよ。行ってくる〉

〈スミレモ行ク〉

二匹仲良く、庭に行った。雨が降ってるけどいいのかな？

相変わらず仲良しだなあとほっこりしつつ、室内が少し寒いから、暖炉に火を入れた。

ココッコたちは大丈夫かな。心配になったので見にいくと少し震えていたので、ここでも薪ストーブに火を入れる。

「寒かったよね。ごめんね」

「こっ、こっ♪」

なんとなくだけど、大丈夫という感情が伝わってきてホッとする。

ストーブや私の足元に近寄ってきたココッコたちを一羽ずつ撫で回していると、エアハルトさんとアレクさんが顔を出した。なんか二人とも疲れたような、ホッとしたような、いろんな感情が混ざった顔をしている。

おおう、ポーションを作ろうと思ってたところなのに……残念。

「「こんにちは、リン」」

「こんにちは。なにかありましたか？」

「あったというか……。話がしたい」

「いいですよ」

良いタイミングだしアレクさんにも私のことを話そうと考え、母とともにダイニングキッチンへと案内する。私の考えを察したレンが一緒にくっついてきて、部屋に防音結界を張ってくれた。

もちろん、エアハルトさんも道具を使って防音結界を張っている。

そんな様子を、不思議そうな顔をして見るアレクさん。

「エアハルト様、レン同様に防音結界を張ったようですが……」

「念のためだ。それに、アレクにも関係あることだろう？」

「そうでございますね」

なおも不思議そうな顔をしたアレクさんだけど、自分にも関係あることだと言われて頷いている。結界を張らないとダメな内容なんだろうかという顔をしている。

開店時間も迫っていることから、簡単に説明すると言われて頷く。

「侯爵家から籍を抜いた」

「僕も男爵家から籍を抜きました」

「「はい？」」

また唐突なことを言い出したよ、エアハルトさんとアレクさんが。

というか、アレクさんが男爵家の人だとは思わなかった！

まあ、侯爵家に仕える人なんだから身分がある人だろうなあ……とは思っていたけどね。

「つまり、平民になってきた」

「僕もです」

「はぁっ⁉　どうしてそんなことに？」

「あらまあ……」

まさかの、平民になった宣言でした！　もう本当にどうなってるのかな？

母と二人で顔を見合わせて、驚いた。

「一番の理由は、貴族の柵《しがらみ》が面倒になったのと、俺自身が貴族に向かないとわかったからだ」

「僕も似たような理由ですね。侯爵家に仕えているときも楽しゅうございましたが、今はそれ以上に楽しいのですよ」

「おおう……。ずいぶん思い切ったことをしたんですね」

「まあな。それに、ある人と対等になりたいというのもあったし」

「おお、そんな人がいるんですね！　もしかして、ヨシキさんたちですか？」

そんな私の言葉にがっくりと項垂《うなだ》れるエアハルトさんと、苦笑しているアレクさんと母。

みんな、なんでそんな顔をしてるのさー？　さっぱり意味がわかりません。

「リンがここまで鈍いとは思わなかったわ」

「どういう意味よ、ママ！」

「はぁ……。まあいい。そんなわけで平民となったから。これからもアレク共々よろしくな」

「よろしくお願いいたします」

「こちらこそよろしくお願いします。あと、エアハルトさんとママ。あの話をアレクさんにしようと思っているんですけど……」

グレイさんとユーリアさんはともかく、私自身はアレクさんに話してもいいと思って

いる。それもあり、エアハルトさんと母に聞いてみたんだけど……

「ああ、アレクなら大丈夫だろう。最初のころは失敗していたが、今はそういったことはないしな」

母は笑顔で頷いているし、エアハルトさんもそう言って笑っていた。

それにしても……

「失敗、ですか？」

「ええ。僕も失敗したことがありますよ。ですが、一度してからはしておりません」

「そうなんですね。失敗しなそうなアレクさんが、どんな失敗したのか気になります」

「……そのうち、お話しいたしますよ」

「ええ～？　それは残念です」

失敗したことがないように見えるのに……どんな失敗をしたのかな、アレクさん。

すんごい気になる～！

レンがもう一度強力な結界を張ってくれたので、私の秘密をアレクさんに話すと絶句していた。

「それでは……リンは……」

「はい。〝渡り人〟ということになります」

「だから、ご自身のことをお話しにならなかったのですね」

「はい。今まですみませんでした」

「いいのですよ。そんな事情があるのであれば、この強固な結界の意味も頷けます。もちろん、どなたにも言いません。たとえグレイ様やユーリア様であっても」

「二人に話すとしたら、制約を設けたほうがいいだろうな……二人から王家に伝わるだろうから。陛下と宰相殿は監禁などを好む方ではないしリンをしっかり護るだろうが、クラウス殿下がどう出るか予測がつかん」

エアハルトさんの言葉にアレクさんも頷いているってことは、王太子様はやっぱとんでもない性格の人なんだ……と納得してしまった。

本当に、いざとなったらこの国を出る選択をしないとダメだろうなあ。

そのときは旅をしてみたいな。

できれば、ヨシキさんたちやエアハルトさん、アレクさんと一緒に。

「ですよね～。まあ、しばらくは領地から出られないって聞いていますから、それまでは大丈夫のような気がします」

「ああ、王太子領で二百年蟄居《ちっきょ》するように言われたんだってな。グレイが言っていた」

「当然ですね。護るべき立場のリンを巻き込むなど、あってはならないことですから。

グレイ様も叱られたと仰っておりましたし」

「グレイさんから聞きました。王様と宰相様にこってり絞られたそうです」

「「やっぱり」」

エアハルトさんもアレクさんも、納得だったみたい。

そしてアレクさんも、エアハルトさんと同じように私のことを〝護る〟って言ってくれる人なんだね。ちょっと嬉しいかも。

「まあ、そんなわけなので。これは従魔《じゅうま》たちも知っています。あと、両親も」

「そうですか……。すべてを知ったうえで、リンの親となってくださったのですね。よかったですね、リン」

「はい！」

本当は前世からの知り合いなんだけど、それは私の秘密じゃないから私の口からは言えないし、言ってはいけないことだと思う。

だから、あとでヨシキさんに、アレクさんに話したことを伝えないとなあ。

母にお願いしてもいいけど、それは違うと思うから自分で言うよ。

そのあと、ダンジョンに行く話を少しだけしたら開店時間になってしまったので、慌てて準備をする。エアハルトさんもアレクさんも開店準備を手伝ってくれた。

お客さんがいないときに父が来たので、アレクさんに話したことを伝えると、微笑んで頭を撫でてくれた。

「だーかーらー、パパ！　私は成人してるんだってば！」

「わかっている。褒めているだけだろう？」

「なんかちがーう！」

そう叫んだところで父に敵うはずもなく……。結局がっくりと項垂《うなだ》れ、買い取った薬草を持って二階へと行ったのだった。


アレクさんに私の話をして、なんだかんだと時が過ぎ。

日中に晴れ間が出ることもあるけど、最近はずっと雨が降っていて肌寒いことが多いから、暖炉に火を入れることが増えた。

それほどに寒いのだ、この世界の雨季は。そういえば、去年もエアハルトさんの家にいるときはずっと暖炉に火が入っていたなあ……って思い出す。

もちろん、ココッコたちのところにある薪ストーブにも火を入れたり、家に連れてきて一緒に寝たりしている。

雛だった子たちもすっかり大きくなって、親鳥と同じ大きさになっている。

ただ、未だに有精卵を産まないのが不思議だった。

子どもがまだ完全に大人になっていないからとか？　見た目は可愛いけど、ココッコたちも魔物だそうだから、日本にいたときと同じように考えたらダメなのかもしれない。

そういえば、十日前から『アーミーズ』のみなさんが温泉に行くと言って、フルドの町に出かけている。ココッコのお肉を十キロと卵三キロ分、あとミルクとチーズをたくさん頼んじゃった。

すっごい呆れられたけどね！

どれもすっごく美味しいし、従魔《じゅうま》たちも気に入っているからいいんだよ。王都では滅多に買えない食材だし。私は従魔《じゅうま》たちを優先しますとも。

そして窓の外を眺め、ひっそりと溜息をつく。

「今日も雨だねぇ……」

〈ソウダネ〉

〈寒いからいやにゃー〉

「暖炉の近くで寝っててもいいよ？　お客さんもいないし」

〈大丈夫にゃー。一緒にいるにゃー〉

〈リンノ側ニイル〉

今日の店番は、スミレとユキだ。二匹とも寒いのが苦手で、あまり動かない。だから暖炉のところに行ってもいいと言ったんだけど、二匹とも私の側にいると言ってくれる。くぅ〜！　本当に可愛いことを言ってくれるよね！　だから、もふもふなでなでしちゃう！

それと、しっかり叱ったからなのか、あれから従魔《じゅうま》たちは物騒なことを言わなくなった。

まあ、原因となった王太子様と会うことがなくなったし、報復してスッキリしたんだろう。

ちょっかいさえかけられなければ私としても平穏なので、ずっとこのままでいてほしい。

スミレとユキと話をしたり棚を整理したり暖炉に薪をくべたりしていると、誰も来ないうちにお昼となってしまったので一旦閉店する。

寒いからなのか、スープをねだってきた従魔《じゅうま》たち。小さくなって部屋中を遊び回っているみたいで、ときどき上からドタドタと音がしていた。

なにをやっているのかな？　まあ、ものを壊さなければいいし、作業部屋は危ないから絶対に入らないよう言い含めているから、心配はしていない。階段の一番上のところも、ミナさんとカヨさんにお願いして落ちないよう柵を作ってもらったし。

だからドタドタと音がしても安心していられるのだ。

ご飯を食べたあとは従魔《じゅうま》たちやコッコたちと戯れる。外で遊べないからか、家中を走り回っていた。元気だなあ、みんな。私は体力が続かなくて、途中で離脱したよ……

これは休みのときにダンジョンに潜って、しっかり体力をつけないとダメだと思った。

まあ、それでも日本にいたときよりも体力はあるんだけどね。本当に不思議だ。

お昼をすませたあと、いつもは追加でポーションを作るんだけど今日は誰も来ていないから作る必要もない。庭の手入れも雨降りだからできないし。

久しぶりにパウンドケーキでも作るかと立ち上がったら、下から「優衣ー！　いるー？」と声が聞こえた。両親とヨシキさんだ。雨の中店まで来たからなのか、全身濡れていた。

「おかえりなさい！　雨の中大変でしたね。タオルはありますか？」

「大丈夫だ。魔法で一発だしな」

「そうでした」

魔法の存在を忘れてたよ……毎日従魔《じゅうま》たちを魔法で乾かしているのに。

魔法で水滴を飛ばした三人を、ダイニングに案内する。緑茶を出してみたら、三人とも若干目を潤ませて飲んでいた。

「緑茶か……。よく見つけたな。どうしたんだ？」

「アマテラス様にいただきました。ただ、この世界にはないものだそうなので、飲んでもらえるのはヨシキさんたち転生者限定ですけどね」

「そうなのね……」

「他にはほうじ茶と玄米茶もありますけど、少し持っていきますか？」

「「もらう！」」

おおう、即答でした！

まあ、気持ちはわかる。逆の立場だったら、私も同じことをすると思うから。

その後、フルドの町でのことを聞いたり、頼んだものをもらったり、お土産もいただいたりした。お金を払おうとしたんだけど、「親から子へのプレゼントだ」と言われてしまい、その気持ちはとっても嬉しかったから、素直にそのまま受け取った。

「あと、これは俺たち『アーミーズ』からのお土産な」

「ありがとうございます！　おお、温泉卵にチーズケーキとスフレだ！　食べたかったから嬉しいです！」

「それはよかった」

嬉しそうなヨシキさんにお礼を言う。そのあとも開店時間ギリギリまでお土産話を聞いていた。

その後、気合いを入れて店を開けたものの、午前中よりも雨足が強くなっているからなのか、冒険者がまったくこない。

「うう……暇だ……」

レインボーロック鳥のフェザーがかなりたまってきたから、リョウくんのためにクッションを作っていたんだけど、暇すぎてすぐに出来上がってしまった。

早くできるのはいいことなんだけど、こんなに暇でいいのかなあ……と思ったりもして複雑だ。

スミレとユキも、いつの間にかカウンターの上で寝ているし。

それをほっこりしつつ見ていたら、ドアが開いた。音がしてすぐに動き出すスミレとユキ。

おお、さすがです！

「いらっしゃいませ」

「うっす。いやあ、凄い雨だな！」

「本当ですよね」

「薬草を売りに来たんだ。頼む」

「はい」

ダンジョンから帰ってきたばかりらしい冒険者は、薬草をカウンターに出してくれた。

それらのすべてを買い取ると、冒険者は「また来る」と言って帰っていった。

それを皮切りに、ポツポツと冒険者が来たので、暇ということもなくなった。

「ありがとうございました！」

最後の人が店を出た段階で閉店の時間になったので、そのまま閉店作業をする。

明日も雨かなあ？　暇つぶしにまたなにか作ろう。

その三日後。

「スパイスや調味料はたくさん持ったし、乾燥野菜や乾燥キノコ、パンとお米、もち米も持った。ナイフも研いだし、あとは……」

明日から二週間、『フライハイト』と『アーミーズ』の合同で、ダンジョンに潜ることになったのだ。リーダー同士で話し合ったらしく、三日前に二人揃って長期の休みはいつからか聞かれたんだよね。

服は神様がくれた、例の防御力が高いやつをいくつか持っていくつもり。魔法があるとはいえ雨季の時期なので、たまには着替えたいし。

お風呂は我慢するしかないけど、どうしても我慢できなかったら【家《ハウス》】を使って、シャワーだけでも浴びさせてもらおう。

……ＯＫが出れば、だけど。

今回行くのは特別ダンジョン。食材や素材と金属、オーガのレアな武器や防具を狙って、できるだけ深い階層まで潜る予定なんだって。

もちろん私も食材と薬草を狙うつもりで、麻袋をたくさん持った。

まあ、それはすべて表向きの理由で、本当の目的は別にある。交流を深めてもっと仲良くなることと、私が相談している件で、『アーミーズ』のみなさんにグレイさんとユーリアさんの人となりを見極めてもらうことだ。

仲間であるエアハルトさんとアレクさんは二人の性格をよく知っているけど、『アーミーズ』のみなさんは知らないからね。第三者で、尚且つ客観的な目で判断しようと決めたそうだ。

一緒にいて仲良くなれば、本音も出るだろうから。

ダンジョン攻略に関しては、できれば第十階層まで行きたいところだけど……『アーミーズ』も『フライハイト』も第三階層までしか潜ったことがないから、用心して第五階層、または第七階層までで切り上げるつもりらしい。

階層も何階まであるのか定かではないし、慎重に探索するんだそうだ。

中ボスがどこにいるのかまだわかっていないけど、そこを撃破すると他のダンジョンのように、転移陣を使って攻略した各階層に行けるようになるそうなので、できれば中ボスまではクリアしたいと張り切っている。

噂によると、ボスは第十階層にいるんじゃないかって話だけど……どうなんだろうね。遭遇するといいなあ。そうじゃないと第一階層まで戻るのが大変みたいだし。

「全員だとかなりの人数になるなあ。ご飯はどうするんだろう？」

〈どちらも人数が多いから交代に作るのではないか？〉

「かもしれないね」

それぞれのパーティーだけではなく個人でも食材や調味料を用意してもらうと言っていたし、キノコや野草、お肉に関してはダンジョンで採れるんだから、それほどの量は必要ないだろう。

私に関しては従魔《じゅうま》のほうが多いけど、なんとかなるかと気持ちを切り替え、明日に備えてみんなと眠った。

そして翌日。

「おはようございます」

「「「「「おはようございます！」」」」」

『フライハイト』のみんなと挨拶を交わしたあと、そこにいたララさんとルルさん、ハンスさんにも挨拶をする。ダンジョンに出かけるからと、見送ってくれているらしい。

「よし。リンも来たし、ギルドに行こう」

「はい。あ、その前に。ララさん、ルルさん。ココッコたちのお世話をよろしくお願いします」

「「お任せくださいませ」」

にっこり笑って頷いてくれたことにホッとする。

ココッコたちはダンジョンに連れていけないからと、お世話をララさんとルルさんにお願いしたのだ。報酬はダンジョン産の果物か、新しい紅茶の飲み方がいいんだって。

なにを教えたらいいかな。ロイヤルミルクティーか、美容にいいローズマリーの飲み物もいいよね。女性なら飛びつくと思うし、お世話になった侯爵夫人や王妃様、王太子妃様にも教えれば、他の貴族にも広まるだろう。

まあ、それは帰ってきてから考えるとして。

待ち合わせは冒険者ギルドだ。ここで掲示板を見て依頼を先に受けてくるんだって。代表でエアハルトさんとヨシキさんが見に行ったので、私たちは馬車の中でお留守番。

十五分くらいしたら二人が出てきた。たくさん依頼を受けてきたらしく、持っている依頼票の束が分厚い。

まあ、二週間潜るからね～。それに合わせた量の依頼を取ってきたんだろう。

「薬草類の採取依頼も一緒に取ってきたんだ。よくわからん名前の薬草なんだが、リンならわかるかと思ってな」

「どれですか？」

「これなんだが……」

見せてもらった依頼票は五枚。高麗人参《こうらいにんじん》が第二階層、生姜《しょうが》が第三階層、どくだみが第四階層、霊芝《れいし》が第五階層、冬虫夏草《とうちゅうかそう》が第六階層と書いてあった。霊芝《れいし》はサルノコシカケとも呼ばれる、あのキノコだ。

どれもハイパー系や万能薬、神酒《ソーマ》に使う薬草で、商会やギルドにもなかなか置いていない珍しいものだ。いつも取り寄せてもらっているくらいだしね。

なるほど、王都だと、これらは特別ダンジョンで採れるものなんだ。だからいつも買取が少なかったのかと納得した。

特に霊芝《れいし》と冬虫夏草《とうちゅうかそう》は滅多にないからね。

それならば依頼とは別に、私もたくさん採取しようと思う。

「わかりますよ。どれも上級ポーションの材料なので。もちろん医師の薬にも使うみたいですけど」

「なんだと？　だから達成金額が高かったんだな。なら、これらはリンに任せていいか？もちろん俺らも手伝うから」

「いいですよ」

上級ポーションの材料ということにみんな驚いていたけど、従魔《じゅうま》たちは毎日見ているからなのか驚くことはなかった。

みんなで薬草以外の依頼を確認したあと、そのまま西門から出て特別ダンジョンに向かった。

まずは第一階層だけど、ここでは醤油や味噌、ビッグシープの素材とレインボーロック鳥の素材の依頼を受けたので、戦闘をしつつ第二階層へ下りる階段付近にあるセーフティーエリアを目指す。

地図が出回っている第五階層までは一階層ごとに一泊し、それ以降は地図を作ったり依頼をこなしながら階下を目指すんだそうだ。第六階層の一部は地図があるので、それを使って穴埋めするように地図を作るんだって。

なるほど、そうやってダンジョンの地図は作られているのか〜。面白いね。

私と両親、ラズで採取をしつつ、他のみんなはビーンと戦闘をしている。緑のビーンから枝豆が出ると知った『アーミーズ』は、嬉々として戦っていた。

母はリョウくんを背負いながら採取しているんだから凄い。

リョウくんはリョウくんで、ダンジョンだというのに楽しそうにきゃっきゃとはしゃいでいる。……大物だねぇ。

「このあたりにある薬草はどのポーションに使うのかしら」

「これはハイ系ですね。一部はハイパー系でも使います」

「ああ、言われてみればそうね。乾燥したものしか見たことがなかったから、気づかなかったわ」

「商会だと乾燥したものを売っていることが多いですもんね」

「そうなの」

母が生の薬草をキラキラした目で見ている。とても珍しい光景だ。

ギルドもそうだけど、商会で売られている薬草は乾燥させてあるものが多い。

これは、マジックバッグを持っていない冒険者から買い取った薬草の多くが、ダンジョンから出たときは萎れていたりするからだ。

私の店の場合は、お客さんがみんな上級冒険者なだけあって時間経過をしないマジックバッグを持っているから、生き生きとした薬草を持ってきてくれる。

だから生の薬草をいろいろと知っているのだ。それに自分でも採取するしね。

「ロック鳥だ。警戒しろ！」

【索敵】をしていたセイジさんから警告されたので、すぐに採取を止めて立ち上がる。

背中に差していたアズラエルを構えると、従魔《じゅうま》たちが私と両親を護るように周囲を固めた。

そしてすぐにレインボーロック鳥が現れる。その数、六体。

攻撃魔法を使える人を中心に攻撃していく。もちろん私も【風魔法】で攻撃したよ。

あちこちから集中砲火のように魔法が飛んできたからなのか、レインボーロック鳥はすぐに光の粒子になり、その姿をドロップに変えた。

今回出たのはお肉や羽毛、長い尾羽と魔石だ。羽毛と尾羽は依頼品なのでギルドから預かった麻袋に入れ、魔石とお肉も別々の麻袋に入れる。

私は後衛なので、荷物持ちも兼ねている。なんだっけ……ポーターって言ったかな？

今回はそんな役割を仰せつかりました。

リュックが【無限収納《インベントリ》】だからね〜。いくらでも入るし、ある意味適任だと思う。

まあ、採取担当や護られてばかりだとさすがに情けないから、たまには役に立つこともしないとね。

「……よし、他にはいない」

「わかった。採取はどうだ？」

「大丈夫です」

「わたしも大丈夫よ」

「じゃあ移動しよう」

その場にある薬草を全部採るわけにはいかないから、半分残して移動する。他にも冒険者が依頼を受けていることがあるからね。

採取をしつつ戦闘をしていると、第二階層へと下りる階段付近にあるセーフティーエリアに着いた。お昼はバーベキューセットを出して料理し、交流しながら食べる。

そう、今回の真の目的を達成するためだ。従魔《じゅうま》たちの件でグレイさんがやらかしてしまったからね……本当のことを伝えたい気持ちはあるけど、ちょっと不安なんだ。

グレイさんもユーリアさんも、民を大事にするいい人なのは知っている。

だから私も秘密にせず話をしたいけど、また王太子様に話を持っていかれてバラされた挙げ句、あのときみたいに勝手に利用されても困るのだ。

王様や宰相様なら内緒にしてくれそうだけど、それとこれとは別問題。

それも見越してグレイさんたちをひっそりと観察しているのだ、『アーミーズ』のみなさんは。

……怖いです、『アーミーズ』。中身は経験豊かなおじ……じゃなくて、お兄さんやお姉さんだしね。合格を出すかどうかは、普段のグレイさんとユーリアさんの言動次第だって。

頑張れー！　と内心応援しつつ、お昼ご飯を食べるのだった。

お昼を食べたあとは第一階層での依頼を達成すべく、セーフティーエリアを中心にしてあちこち動いては戦闘をし、採取もする。

みかんや柿、キウイを採取しながらも戦闘をこなし、日暮れ近くまで頑張った。

今回の夕飯担当はミナさんとカヨさんみたい。なにが出るのかな。

「ミナさん、カヨさん。ご飯はなんですか？」

「野菜スープとロック鳥の照り焼きよ」

「あとサラダね。今回はご飯にするわ。丼にしてもいいようにね」

「デザートはさっき採ったみかんよ」

全員で歓声をあげて喜ぶ。私はどうしようかな、丼にしようかな。

「私は丼にするけど、みんなはどうする？　そのまま？　それとも丼？」

《《《《《《《丼がいい！》》》》》》》

「わかった」

従魔《じゅうま》たちは丼がいいようで、声を揃えてリクエストしてきた。もちろん従魔《じゅうま》たちは小さくなっているので、たくさん食べる気でいるみたい。

まあ、それだけじゃなくて他の冒険者を警戒してるんだろうけどね。そのあたりはしっかりしているのだ。

ご飯を食べたあとは野営の順番を決める。今回は二時間ごとの交代になった。

ただ、『フライハイト』と『アーミーズ』だと人数が倍違うので、私たちが一人、ヨシキさんたちが二人で野営をすることに。ただし、私は従魔《じゅうま》たちと一緒。

今回は私から始まって、エアハルトさん、アレクさん、グレイさん、ユーリアさんの順番で野営をする。『アーミーズ』は両親プラス、リョウくんのようだ。従魔《じゅうま》たちは野営だからと元の大きさに戻っている。

「リンも手馴れたものだね」

「そうですね、だいぶ慣れました」

肌寒いからとチャイを淹れて両親にも配り、三人で飲む。

ぱちぱちと弾ける薪の音を聞きつつ、小声で話す。

誰が聞き耳を立てているかわからないからか、リンと呼ぶ両親とあれこれ話しているうちに二時間たったので、エアハルトさんを起こした。『アーミーズ』はセイジさんとミナさんの番のようだ。

「特に変わったことはなかったです。ただ、ずっと雨が降っていたので、チャイを淹れました」

「そうか。チャイは残っているか？」

「たくさん作ったのでありますよ。寒かったら温石《おんじゃく》や湯たんぽも併用してくださいね」

「おう、ありがとう」

エアハルトさんに伝えたあと、テントの中に入る。今日の枕はユキらしい。

ユキだけ大きくなり、他はみんな小さくなる。みんながいるとはいえ少し寒かったので、従魔《じゅうま》たちにも毛布をかけてから眠った。


そして次の日。朝食を食べたら出発。

今日は第二階層でイビルバイパーとトレントと戦闘だ。私は依頼を受けている高麗人《こうらいにん》参《じん》を中心に、他の薬草も採取する。

母が高麗人参《こうらいにんじん》の特徴を聞いてきたので、一緒に採取した。もちろんラズもお手伝いしてくれるし、場合によっては薬草がある場所を教えてくれる。

「ママ、これが高麗人参《こうらいにんじん》です」

「あら、向こうと同じなのね」

「そうですね。違ったら大変ですって」

「確かに」

高麗人参《こうらいにんじん》は根っこの部分を使う。地上に出ている部分には丸っこい葉っぱがいくつもあり、その中心に真っ赤で丸っこい花というか実がついているのだ。

それを小さなシャベルで外側を丁寧に掘り、根っこをできるだけ傷つけないよう掘り起こす。土を丁寧に洗い落とすと、たくさんの根っこが出てくる。

日本で売っていたのと同じ形だ。

「あら、本当に同じなのね」

「そうですね。あと、【薬草探索】のスキルは使えますか？　もし見ただけでわからないようであれば、スキルを使ったほうが早いですよ？」

「あっ…………スキルの存在を忘れていたわ」

「ママ……」

テヘペロ♪　って顔をした母。スキルを忘れてたってどういうことかな⁉

別の高麗人参《こうらいにんじん》を採取している途中でイビルバイパーやトレントが襲ってきたけど、私と母が立ち上がる前に従魔《じゅうま》たちやエアハルトさんたち、ヨシキさんたちがパパッと戦闘して終わらせてしまっていた。

「ロキたちがいるからなのか、戦闘が凄く楽だね」

「そうですわね。ありがたいことですわ」

「本当にな。リンの従魔《じゅうま》たちに感謝する」

〈我らはリンを護っているだけだ〉

〈そうにゃ〉

〈リンヲ護ルタメ〉

「それでも、だ。ありがとう」

グレイさんやユーリアさん、エアハルトさんの感謝の言葉にロキとレン、スミレが反応する。私のためだから……という従魔《じゅうま》たちだけど、それでもありがとうと伝えるみなさん。

グレイさんとユーリアさんのこういうところが好きなんだよね、私は。

そういったところがヨシキさんたちにちゃんと伝わるといいなあ。

そんなことを考えつつ、採取をしてセーフティーエリアを目指す。かなり近いところまで来ていたようで、すぐに休憩となった。

「リン、薬草の依頼はどうだ？」

「依頼本数が少ないので、あと三本もあれば達成します。増やしても問題ないですか？ないようなら上乗せして本数を増やしますけど」

「ああ、問題ない。まだ採れるようなら、あと四、五本増やしてくれるか？ そのあとなら個人的に採取していいから」

「わかりました」

手伝えなくてごめんと『フライハイト』のみんなに言われたけど、イビルバイパーやトレントがしょっちゅう襲ってくるんだから、そこは仕方がない。しかも、たまにトレントと一緒になってレッドウルフが出てきて連携攻撃してくるから、採取は手伝えないのが現状だ。

護衛として従魔《じゅうま》の誰かが必ずいるから大丈夫だしそこは安心していいと伝えると、ようやくホッとした顔をしてくれた。みんな心配しすぎだよ。私だって戦えるんだから、安心してほしいよ。

で、早めに第三階層に下りる階段付近にあるセーフティーエリアに移動したいからと、まだお昼前だけどご飯を食べることになった。

今日のお昼は私が用意する番で、簡単にスープと串焼き、パンを作った。そのあとでミントティーを配って飲んだら、もうひとつのセーフティーエリアに移動した。

途中でも高麗人参《こうらいにんじん》の他に薬草や野草、キノコや果物を採取しつつ、戦闘もこなしていく。人数が多いからなのか、前来たときよりも早く戦闘が終わっている。さすがはSランク冒険者たちだよね。

あと、SSSランクの従魔《じゅうま》たちがいることも大きいんだろう。従魔《じゅうま》たちは交代で私を護衛しつつ、あちこち移動してはドロップ品を持って帰ってくるんだから。

なーんてことを考えつつ、セーフティーエリアを目指した。

そして三時ごろセーフティーエリアに着いたので一旦休憩し、夕方まで依頼をこなす。

私が任された依頼も上乗せできたし、みんなが受けた依頼も上乗せできたそうだ。

もちろん、自分が使うぶんの薬草類もたんまり採取したよ！

その後、今日も雨だからと大きなテントを張り、夕飯を食べてすぐに寝る準備をする。

今夜は途中で野営を担当するから、できるだけ早く寝ないとね。

今日の枕はソラみたい。二時間後には起こされるからさっさと寝て、寝不足に備えよう……なんて思っているうちにあっという間に寝てしまい、ユーリアさんに起こされたのだった。

野営を終えてまた寝る。途中で起きたから目が冴えて寝つけないかも……と思ったけどそんなことはなく、すぐに眠れたのはよかった。

まあ、若干の寝不足感は否めないけど、それはみんなも同じだからと伸びをして起きると、身支度をしてテントから出て片づける。みなさんに挨拶をして、朝食を食べたら出発だ。

戦闘と採取をしながら第三階層へ行く。

階段を下りて採取と戦闘をしつつ、依頼をこなす。ここでの依頼は生姜《しょうが》を採取すること。

なんでこんなに日本と条件が違うようなところに生姜《しょうが》があるのか、アントス様を小一時間ほど問い詰めたい。母も同じように思っているのか、溜息をついていた。

生姜《しょうが》を掘るために小さなスコップを片手に移動してるんだけど、その途中でオーガが六体現れた。以前来たときは赤い体色だったのに、今回は青い体色のオーガが交じっている。

いい感じで三体ずつに分かれていたので、それぞれのパーティーで戦闘をすることに。私たちのほうには青いオーガが一体と赤いオーガが二体いる。

「青のオーガか。防具を落とすんだよね」

「そうなのか？　なら、俺たちも狙い目だな」

「そうだね。そろそろ防具を新調しようと思っていたんだ」

「俺たちもそろそろ欲しいと思ってたから、これは助かる」

オーガを前にして、グレイさんとヨシキさんが話をしている。ドラゴン族に合った武器や防具が欲しいって言ってたもんね。納得だ。

そしてオーガが落とすレアな防具も成長すると聞いて、やっぱりそうなのか～と思いつつ、スコップをポケットに入れて戦闘態勢に入る。オーガは強いから総力戦だ。

まずはロキとロックが【咆哮《ほうこう》】で足止めをする。前回と異なり、神獣になった彼らの【咆哮《ほうこう》】はすっごく強力だったらしく、オーガたちはその場でピタリと動かなくなり、震えていた。

それを見逃す『フライハイト』や『アーミーズ』じゃない。魔法で攻撃をしたあとは一気に詰め寄って剣や槍で攻撃するみなさん。もちろん、私と母、従魔《じゅうま》たちも魔法を放っている。

従魔《じゅうま》たちが進化したことと人数が多いからなのか、すぐに戦闘が終わった。

「……ふう」

「リンの従魔《じゅうま》がいたから早かったね。ありがとう」

「本当にな。ありがとう」

お礼を言ったグレイさんとエアハルトさんに、従魔《じゅうま》たちが〈気にするな〉と頷いている。

しばらく警戒していたけど他に襲ってくる魔物もいなかったので警戒を解き、ドロップ品を拾う。おお、なんか金属の鎧と剣があるよ？

「エアハルトさん、この鎧は誰が装備しそうですか？　剣はアレクさんが使っているのと同じみたいですけど」

「ん？　鎧と剣があったのか。どれ……鎧はブレストプレートだな。アレクとグレイが装備しているものだから……二人で話し合ってくれ」

「僕はまだ大丈夫ですので、グレイ様が装備したほうがいいのではないでしょうか」

「いいのかい？　エアハルト、アレク」

「構わない」

「ええ。新調するほど傷んでおりませんし、僕は戦闘様式的に、軽い革装備のほうがいいので」

「そうか……。なら、遠慮なく装備させてもらうよ。ありがとう」

　ブレストプレートっていうのか～と思っていたら、アレクさんがグレイさんに譲っていた。この鎧もレアだったらしく、蒼く光っている。グレイさんに聞いたら、やっぱり成長するものだった。

　双剣はアレクさんが装備するみたい。これもレアだったみたいで、成長させてから合成してもらうんだとアレクさんが嬉しそうにしている。

　ヨシキさんたちのほうでも成長する鎧と剣が出たそうで、誰が装備するのかじゃんけんで決めていて笑ってしまった。武器はそれぞれ違うけど、鎧はみんな同じものみたいだしね。

　他にドロップ品はなにが出るのか聞いたら、小手《こて》や脛当《すねあて》が出るそうだ。ヨシキさんたち『アーミーズ』は陸自の自衛官が着ているようなお揃いの迷彩服と、肩まである長い小手と膝までの脛当、胸を覆う金属のブレストプレートを身に着けている。

『フライハイト』はみんな違い、アレクさんとユーリアさんがスピード重視だからなのか、胸当とひじまでの長さの小手と脛当で全部革製品、グレイさんが金属の胸当てと小手と脛当を身に着けている。

　エアハルトさんもグレイさんと同じだけど、ところどころ革が使われていて、初めてまあ神話《アーティファクト》の服なので、鎧がいらないともいう。神話《アーティファクト》のものを傷つけられるのは同じ神話《アーティファクト》の武器だけだしね。

私だけが布オンリーの装備で、今は外套《がいとう》を羽織ってる。

会ったときに見た全身鎧に近い。

そんな装備事情はともかく。

ドロップをすべて拾ったのでまた移動する。

今度は赤と金が混じったゴーレムが十体出た。以前来たときは半分もいなかったのに、どうして出る数が多いんだろう?

あとで聞いてみようと思ったけど、まずは戦闘が先だ。

私とラズ、ユーリアさんと母が【風魔法】のテンペストを放ち、それが消えると他のみなさんがハンマーで殴る。呆気なく戦闘が終わった。おおう、ずいぶん早いね!

そして驚いたことなんだけど……母もハンマーで殴っていたんだよね。

しかも、ハンマーのところには〝百t〟って数字で書かれているし!

「ママ、そんなに重いハンマーを持って大丈夫なんですか?」

「本当に百トンもあるわけないでしょう? 洒落《しゃれ》よ洒落《しゃれ》」

「洒落《しゃれ》……」

洒落《しゃれ》でそんなのを書くんだ……と思ったけど、私はどうしてそれが洒落《しゃれ》なのかがわからない。

詳しく聞いてみたところ、とある漫画のヒロインがヒーローを殴るときに使っていたハンマーだそうだ。どんな漫画なの……と思っていたら、新宿を舞台にした、銃を持ったヒーローの話だと教えてくれた。筋肉が凄いヒーローだったんだって。

おお、それは読みたかった！

無理な話なので諦めたけどね。私が生まれたころくらいの漫画だったって言っていたし。

そしてドロップを拾いつつもエアハルトさんにどうして前回よりも出てくる敵の数が多いのか聞くと、一緒にいる人数が多いからだと言われた。

「人数が多いと増えるんですか？」

「ああ。中級ダンジョンのボス戦もお供が多かっただろう？　それと同じだ」

「なるほど～」

確か、中級ダンジョンに潜ったときに人数が多いとボス戦のお供が増えるって言われたけど、あれと同じなのかと納得した。

その後も採取をしたり戦闘をしたりしながら移動し、ひとつ目のセーフティーエリアに着いたので休憩とご飯。ゆっくりしたあとは移動を開始して、同じように戦闘と採取をこなしているうちにふたつ目のセーフティーエリアに着いた。

夕飯にはさすがに早過ぎるし、依頼達成には微妙に足りない鉱石と生姜《しょうが》を集めるためにエリア周辺をグルグル回る。そして採取や戦闘が終わるとご飯。

その話の中で、両親やヨシキさんとマドカさんたちの馴れ初めの話になった。

「そういえば、グレイとユーリアは婚約してるんだよな？　馴れ初めは？」

ここぞとばかりにグレイさんたちに話を振るヨシキさん。

「ユーリアは、僕がまだ王位継承権を放棄する前、護衛の一人だったんだよ。そのときに何回か一緒にダンジョンに潜ったんだ。そのうちに意気投合して、心を通わせてね」

「当時はわたくしにもグレイ様にも婚約者がおりませんでしたし、そのころ王太子殿下に二人目の御子が生まれましたの。ちょうどいいとばかりに継承権を放棄したグレイ様は、わたくしと婚姻したいとおっしゃってくださって……」

グレイさんは耳を、ユーリアさんは頬を赤く染めながら、婚約した経緯を話す。

「どのみち、僕は臣下に下ることも宣言していたし、冒険者となってダンジョンの魔物を減らしたいと考えていたんだ。それに賛同してくれたのがユーリアなんだ」

「わたくしも、騎士の家系に生まれた女ですもの。父や兄の様子を見て育ちましたから、同じように騎士を目指してまいりましたわ。そしてグレイ様と同じように、ダンジョン

の魔物を減らしたいと思うようになりましたの」

同じ目標を持っていた二人。その気持ちは今も変わっていないと、グレイさんもユーリアさんも話す。

「温泉に行ったとき、思ったんだ。フルドの町には領主がいなくて、今は代理で動かしている状態だ。そのせいでスタンピードを引き起こすことになった。だから、もしも許されるのであれば、フルドの町の領主になりたいってね」

「それを決めるのは王や重鎮《じゅうちん》じゃないのか？」

「そうだね。だから、希望だけは出したよ。希望が通るかどうかわからないけれど、それでも魔物の間引きがきちんとできてないことは事実だし。あとは父上——陛下を含めた重鎮《じゅうちん》たちが、現地の状態を調べた結果次第で決まるだろうね」

「そうか……。まあ、確かにあのスタンピードといいギルドの対応といい、あり得なかったしな」

ヨシキさんの言葉に、グレイさんとユーリアさんが頷く。

ヨシキさんはあの場にいて、私たちと一緒になって魔物を全部倒したんだよね。再会してから聞いた話だと、素材を含めてかなり儲かったと言っていた。

まあ、私たちもそれなりのお金をもらったんだから、相当な数の魔物がいたってことなんだろう。

それはともかく。

ヨシキさんが代表してあれこれグレイさんに聞いているけど、それを聞きながら両親をはじめとした『アーミーズ』のメンバーが、目を光らせている。

きっと、二人の性格とかを見極めているんだろう。

馴れ初めの他にもいろいろ聞き出してるヨシキさん。

たまにライゾウさんや父が口を挟み、本当にあれこれ聞いている。

聞き方が巧いんだろうなあ……。グレイさんもユーリアさんも、大事そうなことをポロっと話しているし。……大丈夫なんだろうか。

心配だなあと思いつつも楽しく話をしているうちに、時間が過ぎていった。

四日目の朝。今日からみんなも初めて行く第四階層へと下りる。

どんな環境なのかな？　ちょっと楽しみ！

階段を下りきると、そこは草原と低木がたくさんある景色だった。ところどころで赤や黄色、白やピンクが見えるから、花もあるのかもしれない。

さっそく【薬草探索】を発動すると、いろんな色の下三角で埋め尽くされていたので驚く。

「おお……薬草天国！」

「薬草天国って……」

「だってスキルを発動したら、薬草を示す印しかないんですもん」

「「「「「ああ～、なるほど！」」」」」

遠くには魔物の姿も見える。ここに出る魔物はビッグスライムの緑と赤と黒、バイコーンラビット、ホブゴブリンだそうだ。ビッグスライムは上の階層にもいたけど、他は初めて見る。

だけど従魔《じゅうま》たちにとってはそこまで強い敵ではなかったみたいで、一撃で倒していた。

そんな従魔《じゅうま》たちを呆気にとられた顔をして見ているみなさん。

ドロップをさっさと拾うと歩き出す。これらは纏めてからあとで山分けして、それぞれでどうするかを決める。もちろん、ギルドに売ったあとのお金を、ってことみたい。

周囲を見回しても襲ってきそうな敵がいなくなったから、ここからは採取。

依頼品は私とラズと母で、他はみんなが知っている薬草を採取してくれている。

採取中でも【索敵】は忘れていないのは、さすがだと思った。

そんなこんなでひとつ目のセーフティーエリアに着いた。ふたつ目はここから少し遠いそうなので、早めのお昼ご飯を食べたら出発する。

今は雨が止んでいるから、その間に先に進みたいそうだ。もちろん、採取をしつつ戦闘をする……はずが、従魔《じゅうま》たちが張り切っちゃって、みなさんの出番がないと溜息をついていた。

第二階層と第三階層ではなかなか動けなかったから、今のうちに動いておこうってことなんだろう。

「リン、これも薬草かい？」

「そうですよ。これは万能薬に使うものです。そして依頼分ですね」

「へえ……」

グレイさんが見つけたものは、白い花を咲かせたどくだみだった。

お茶にもなるんだよね、これ。たくさん生えているから、依頼とは別にいっぱい持って帰るつもりでいる。……葉っぱを触ると臭いけどさ。

ヨシキさんたちもちょっと離れた場所にいて、そこで同じように薬草を採取している。

もちろん、中心にいるのは両親だ。

他にもカモミールがあったりジャスミンがあったりと、薬草としてだけではなくお茶として飲めるものがあるのは嬉しい！　苗としては売ってないからたくさん持って帰ろうと思う。

種がないかなあ？　そうすればもっと楽になるんだけどなあ。

「ラズ、カモミールとジャスミンを多めに採取してくれる？　もし種があったらそれも」

〈うん！〉

〈スミレモ手伝ウ〉

〈じゃあ一緒に行こう〉

〈ウン〉

「気をつけて行くんだよ～」

〈〈はーい〉〉

ああーー、可愛いよ！　萌えるよ！

ラズとスミレはたまーーに物騒なことを言うけど、本質は優しい子たちだ。そんな二匹は私に頼まれたのが嬉しいみたいで、ぴょんぴょん跳ねながら少し遠い場所に移動し始めている。

他の従魔《じゅうま》たちは採取ができないぶん、私を護衛しながら魔物と戦闘をしてくれているのだ。ありがたや～。

〈リン、ドロップを持ってきた〉

〈リンママ、オレも！〉

「ありがとうロキ、ロック」

採取をしているとロキとロックが戻ってきた。ドロップ品を置いていった二匹をもふり倒したあと、また動き出す。そして入れ替わりで戻ってきたのがレンとユキだった。

〈リン、お肉が出たにゃー〉

〈角と尻尾も出たにゃー〉

「ありがとう！　たくさん出たね」

〈〈もっといるにゃ？〉〉

「みんなも食べたいもんね。お願いしてもいい？　でも、怪我だけは気をつけて。なにかあったらすぐに私のところに来てね」

〈〈わかったにゃ！〉〉

立て続けに今度はシマとソラが戻ってきて、短剣を二本とスライムゼリーを置いていった。もちろんもふり倒しましたとも。

短剣は私が持っているものと同じだったから、これはラズにあげたいな。ナイフだけだと心配だったんだよね。ラズも【風魔法】が使えるからぴったりだと思ったのだ。

その前に『フライハイト』や『アーミーズ』に許可をもらわないと。

「あの、エアハルトさん、ヨシキさん。シマとソラが短剣を持ってきたんです。私が持っているのと同じものなんですけど、一本ラズにあげてもいいですか？」

「ん？　どれ、見せてくれ」

「俺にも見せてくれ」

「はい」

リーダーである二人に渡し、見てもらう。ビッグスライムがドロップしたレアなものだからね、この短剣って。だから許可をもらわないとダメだと思ったのだ。

「【風魔法威力効果（大）】は凄いな。ちなみにリンはどこで手に入れたんだ？」

「確か初級ダンジョンのボスのドロップ品だ。初めて倒したときに出てな。そのときに渡した」

「そのときはまだエアハルトさんは騎士でしたね。あのときはありがとうございました！　とても役に立っています、この短剣」

「なるほどなあ」

しげしげと見つめたあと、なにか考え込んでいるエアハルトさんとヨシキさん。

「そうだな……ラズと『フライハイト』で【風魔法】を使う者に渡してくれ」

「いいのか？」

「ああ。見つけたのはリンの従魔《じゅうま》だし。ラズならうまく使えるだろう。みんなもいいか？」

「「「「「「「ＯＫ！」」」」」」」

「だそうだ」

おお、両方のリーダーから許可が出たよ！　『アーミーズ』のみなさんも優しいなあ。

「ありがとうございます！」

「また出たら『アーミーズ』にも頼むな」

「はい！」

ラズに短剣を渡したら、すっごく喜んでいた。

〈ラズがもらっていいの？〉

「いいよ。大事に使ってね」

〈うん！　嬉しい！　ありがとう！〉

ラズが私に飛びついてスリスリしてきたので、私もなでなでした。

休憩してご飯を食べたあと、ふたつ目のセーフティーエリアに向かって歩き出す。

今回も採取が中心で、従魔《じゅうま》たちがあちこち動いてはドロップを持って帰ってくる。

もちろんドロップ品はヨシキさんたちにも渡すよ、合同で攻略してるからね。従魔《じゅうま》たちもそれを承知していて、たくさん狩っているのだ。

そしてさっきの会話がフラグになったのか、ふたつ目のセーフティーエリアに着くころには短剣の数が揃い、【風魔法】を使う人全員に行き渡った。魔法の威力を試したいからと【風魔法】を使って戦闘をしたけど、本当に威力が上がっていた。

実験も終わったのでまた採取を始める。依頼はとっくに達成して上乗せ分もかなりできた。なので、今は自分が使う分を採取している。

そんなこんなでセーフティーエリアに着いたので、休憩。

夕方までまた採取と戦闘をしてご飯です。

「エアハルトさん、『フライハイト』用のポーションは大丈夫ですか？」

「ああ、まだ大丈夫だ。リンが持っているぶんはどうだ？」

「こっちもまだ大丈夫ですけど、今のうちに少し作っておきますね。今日はほとんど使ってませんけど、明日どうなるかわからないので」

「そうだな。そうしてくれるか？」

「はい。寝る前に作るので、明日渡しますね」

「わかった」

今日も途中で起きないといけないから、さっさと作ってしまおう。今のところハイ系しか使っていないから、それを作っておけばいいかな。

持ってきた材料や採取した薬草を使い、テントの中でハイポーションとハイMPポーションを作る。魔力だけだからあっという間に出来上がった。

「……よし。みんな、お待たせ。寝るよ～」

〈〈〈〈〈〈〈〈はーい！〉〉〉〉〉〉〉〉

今日の枕はレンのようだ。

明日はいよいよ第五階層だ。どんな魔物や薬草があるのかな？　とっても楽しみ！


起きたらすぐにエアハルトさんにポーションを渡した。

私からポーションをもらったエアハルトさんは、『フライハイト』のメンバーに配っている。それは『アーミーズ』も同様で、彼らのぶんは母が作って渡しているようだった。

ハイ系に関しては母が完璧に作れるからね。そっちは心配していない。

ハイパー系は二回に一回失敗しているそうで、それは私にと頼まれている。

ちなみにハイパー系は今のところどっちのパーティーも使っていないので、ストックされている状態だ。なにせ【風魔法】の【ウィンドヒール】を使える人が、たくさんいるからね～。簡単な怪我なら魔法とハイ系があれば充分間に合うのだ。

まあ、階下に行ったらどうなるかわからないけどね。

「よし、移動するぞ」

「慎重に行こう」

エアハルトさんとヨシキさんの言葉に全員頷く。

片づけも終わっているし、すぐにセーフティーエリアを出た。

地図を見ながら移動して、戦闘や採取をする。本当に薬草と果物しかないんだよ、この階層は。まあ見晴らしがいいから、敵が来てもすぐにわかるのはありがたい。

〈リン、種があるよ〉

「どの薬草？」

〈カモミールとジャスミン〉

「おお、よく見つけたね、ラズ！　さっそく採っちゃおうか」

〈うん！〉

カモミールとジャスミンの種の採取はラズにお願いし、私はどくだみを根っこごと採取した。根っこさえあれば次々に生えてくるものだからだ。たぶん日本と同じなんだろうなあ。施設にもあったけど、どんなに草むしりをしても増えていたし。

そんなこんなで探索しているうちに第五階層へと下りる階段を見つけたので、慎重に歩く。

下り立ったところはまたもや森だった。

だけど、第二階層ほど深いというわけでもなさそうだ。どっちかというと、林に近いかも。

そして、周囲をパッと見ただけですっごく大きな霊芝《れいし》があちこちにある！　人間でも二、三人並んで座れそうな大きさなんだけど！

「ここに出るのはトレントとイビルバイパー、フォレストモンキーとマーダーモンキーらしい」

「あとデスタラテクトも目撃されているな。討伐には至っていないが、チャームバタフライも」

「虫系は【火魔法】か【火炎魔法】、【風魔法】で頼む。それ以外はいつもと同じだ」

全員で頷き、気を引き締める。

マーダーモンキーは、フォレストの上位種とも変異種ともいわれているんだって。滅多に見ない魔物だから討伐方法や弱点がわかっていないそうだ。

だけど同じモンキー系統の魔物だから、もしかしたらフォレストモンキーと弱点が同じかもしれない。戦いながら弱点などを探すことになった。だからこそ、ここは慎重にいかないとヤバイ。

まずはひとつ目のセーフティーエリアを目指し、慎重に進む。もちろん私と母、ラズは霊芝《れいし》を採取しながら進んでいます。

すっごく大きいから採取するのも大変そうだったけど、そこは短剣で切るか剥がしてしまえば簡単だった。硬そうな見た目だけど、思っていたよりも柔らかかったよ～。

あちこちの倒木や樹に生えている霊芝《れいし》を採っていると、あっという間に依頼達成近くの数が採れてしまう。どれだけ生えているのかな、ここには。

もちろん私もあとで採取するつもりだけど、まずは依頼優先だ。

そして依頼達成前にセーフティーエリアに着いたので、休憩。

今持っている地図にはふたつ目のエリアが描かれているのでそこを目指すそうだ。

「うーん……時間的に微妙だね。先にご飯を食べるかい？」

「そうだな……俺はそれでいいと思うが、ヨシキはどうだ？」

「俺もそれでいい。今回は詳細な探索ではなく、依頼を優先しているからな。できるだけ先に進みたいと考えている」

「地図によると、六階のセーフティーエリアは階段からかなり近いよな？　今日は五階に泊まらず、六階に行くのはどうだ？」

「薬草がどこまで採れたかにもよるんじゃないかな？」

グレイさんとエアハルトさん、ヨシキさんが中心になって今後の方針を決めている。

「リン、ミユキ。霊芝《れいし》の集まり具合はどうだ？」

「私はあとひとつで依頼数達成です」

「わたしも同じよ」

「なら、少し早歩きをしながら移動して、採取を頼めるか？　今回は達成するだけでいい」

「そうだな。上乗せするにしても、多く採る必要はない」

「「わかりました」」

方針が定まったので、ご飯に取りかかる。

といっても、今回は簡単にパンとスープだけだ。どうしてもお腹が空くようなら、歩きながら干し肉や果物を食べればいいということになった。

従魔《じゅうま》たちはそれだけだと確実に足りないから、もしものときのために作って持ってきたおにぎりやサンドイッチを食べさせていたら、全員に羨ましがられた。

従魔《じゅうま》たちのぶんだから、あげませんよ！

あまりにもじーっと見られたので、みかんを配ったけどね！

で、食事が終わったらミントティーを飲んでから出発する。少し強行軍《きょうこうぐん》になるから全員から水筒を預かり、ミントティーを入れておいた。

歩きながら飲めるし、疲れも取れるから一石二鳥ってわけ。……違うかな？

戦闘をして歩いて、採取をする。私たちは最低限の霊芝《れいし》しか採取していないけど、ラズとロックが手伝ってくれたから上乗せ分を確保するのと同時に、私と母もストック分ができた。

「ありがとう。ラズ、ロック」

〈〈どういたしまして〉〉

ラズはナイフを使っていたけど、ロックはその大きな前脚でバキッ！　と一撃だからね～。

見たときは唖然としたけど、綺麗に剥がしていたのはさすがだった。

ふたつ目のセーフティーエリアを通り過ぎて三十分くらい歩くと、階段が見つかった。

階段はそれなりに狭いから、大型の魔物は入ってこれないんだって。だから水分を取ったり休憩したりするのにちょうどいいんだとか。

場合によってはここで一夜を明かすこともあるそうだ。ワイルドだなあ。

みんなで水分を取って少し休憩したあと、また下りる。第六階層は林と低木、遠くに山が見えるような場所だった。

里山みたいな感じって言えばいいのかな？　鳥の鳴き声がするところだ。

「セーフティーエリアはどっちだ？」

「地図によると左だね」

「ここからですと、なにもなければ一時間ほどの距離でございますね」

「だな。ヨシキ、先にセーフティーエリアに行ってそれから下への階段を探すか」

「そうだな。明日までに見つかればいいが、見つからなければまた上に戻らないと、予定通り帰れないし」

「そうでございますね。僕たちはともかく、リンとタクミは店や診療所がございますから」

「ああ」

　エアハルトさんとヨシキさんを中心に、アレクさんとセイジさんも加わって地図を見ながら意見を交わしている。地図に関してはヨシキさんもセイジさんも元自衛官だからなのか得意なようで、すんなりとここがこうであで……と話していた。

　とりあえずはセーフティーエリアを目指す。セーフティーエリアに着いてから採取依頼をすることになったのだ。

〈デスタラテクトガイタ。スミレガ追イ払ッテモイイケド、必要ナ素材ハアル？〉

「依頼を受けていないから、追い払えるならやってくれるか？　襲ってくるようなら戦闘するが」

〈ソウダネ。シューッ、シュシュシュ〉

「凄いですわね……一気に気配がなくなりましたわ」

「そうだね。ありがとう、スミレ。できれば、戦いたくないと思っていたんだ」

「ああ。ありがとな」

〈リンノタメダカラ、オ礼ハイイヨ〉

お礼を言われて照れているのか、スミレが私の肩にのって擦り寄ってきた。

もう、本当に可愛いなあ！　従魔《じゅうま》バカだって？　知ってる！

スミレはデスタラテクトから進化したからね……できれば戦いたくなかったんだろう。

それは『フライハイト』のみんなもそうだったみたい。

甘いと言われるかもしれないけど、今はセーフティーエリアに着くことを優先しているみたいだから、これはこれでいいんだろう。

もちろん先はわからないけど、少なくとも今は余計な戦闘をしなくてすむし、他に襲ってきた魔物に対処できるからね。

そんなことを話していたら、さっそく魔物が襲ってきた。

今回出たのはレッドボアとレッドホーンディア、レッドベアがそれぞれ二体ずつ。単独だとBランク扱いになっているけど、複数出た場合はAランク、もっと数が多いとS

ランク相当になる魔物だという。

ここはささっと総力戦で倒して、先に進みたいよね。

いつものようにロキとロックが先制で【咆哮《ほうこう》】を放つ。すぐに動けなくなったのを見計らったみんなは、武器や魔法で攻撃していく。

私もアズラエルのレベルを上げたいからとスミレとラズが捕えたレッドベアの首を攻撃する。そのあとにシマとレンが爪で攻撃すると、すぐに光の粒子となって消えた。

他のみんなのほうを見ると同じように消えたところだったので、ホッとした。

「みなさん、怪我はありますか？　ラズたちは？」

従魔《じゅうま》を含めたみんなして怪我はないようだった。

「よし。ドロップを拾ったら移動する」

ヨシキさんの言葉を聞いてすぐに動く。ドロップを纏めるのはセーフティーエリアに着いてからにしようということになり、それぞれ個人で預かることに。

他にもワームというミミズやヘビみたいな魔物が襲ってきたり、ブルーロック鳥が襲ってきたりしたけどそのすべてを撃退し、大きな怪我などなく無事にセーフティーエリアに着いた。

夕飯も食べ終わり、さっさと寝ることにする。

今日は私が最後の野営なので、今のうちにしっかり寝ておこう。

寝不足気味なのはみんな同じだけど、私は滅多に泊まりでダンジョンに潜らないから、慣れていないのだ。さっさと寝たけど、あっという間にユーリアさんに起こされる。

「特になにもなかったですわ」

「わかりました」

従魔《じゅうま》たちと一緒に起き出して、火の側に行く。『アーミーズ』の担当はヨシキさんと父のようだった。そしてなぜかエアハルトさんまで起き出してきた。

エアハルトさんは野営をする日じゃないんだけど……うーん、なにかあるのかな？

なぜか結界を張りだしたので首を傾げる。

「これで声は漏れないし、最低限必要なメンバーも揃ったな」

「ああ。リンに話があるんだ」

「話……ですか？」

「グレイとユーリアの件だ」

「ああ、なるほど」

お二人の名前を出されただけで、私の事情のことだとわかった。

それを聞いて、ロキとシマがさらに防音や遮蔽《しゃへい》の結界を張ってくれた。

「俺たち『アーミーズ』の見解だが、二人ならリンの事情を話しても問題ないと思う」

「人となりも問題ないしね」

「ただ、俺たちはあまり話さないほうがいいとも思っている」

ヨシキさんと父に相反することを言われて、首を傾げる。

「伝えるのであれば、必ず誰にも話せないように制約させてからのほうがいいだろうな」

「それはどうしてですか？」

「どうやら二人は諜報活動をしているからだ」

「あと、重要事項だと思われる話を漏らしていたしね」

ヨシキさんと父曰く、二人ともスパイ的な活動をしているという。

グレイさん本人も「情報を集めている」と言っていたことがあるから、納得できることではある。

「それだけならば制約を設けて話せばいいと思ったが、彼らは婚姻後に公爵位を賜り、領地に行くと言っていただろう？　いつかはパーティーを抜けることになると思うんだ。しかも、その手のものは、俺たちに伝えていいことではない」

あ〜、あのときの話か！　フルドの町の領主になりたいって言っていたよね、グレイさんたちは。

ヨシキさんたちによると、グレイさんが私たちに漏らした話は、国の今後に関わる、とても重要なものらしい。エアハルトさんどころか、この国に移住してきたとはいえ他国の人間だった人に話していいことではない。

もしヨシキさんたちがスパイ活動をしていたら、大変なことになっていただろうと言っていた。

他にも野営中に話を聞いた限り、どう考えてもそれは国の機密では？　というものが混じっていたそうだ。

グレイさ～ん、なにやってるの！

「ずっと一緒にパーティーメンバーとして行動するのであれば話してもいいだろうが、離れるのであれば話す必要はないと思う」

「彼らの人となりは問題ない。だが、重要なことをポロッと話してしまっていることも多い。世間話的な感覚で王や宰相、自分の部下に話されて困ることになるのはリンだよ？」

「そういう理由で、リンが話したいならば事情を伝えてもいいが、俺たちは話さないほうがいいと思ったんだ」

「……」

そうか、そういう問題もあるのか……

確かに、グレイさんたちは結婚したら領地に行くと言っていたもんね。きっと、今までみたいに一緒にいることはできなくなる。

難しい問題だよね、こういうのって。

「だったら話さないほうがいいですよね」

「そうだな。話したいと言うなら止めないが、自分が危険に遭う可能性も考慮しないといけない。もちろん、従魔《じゅうま》たちもな」

「……わかりました。本当は話したいけど、やめておきます」

グレイさんは、なんだかんだで王太子様と仲が良さそうだったし、兄を支えたいって言っていた。

個人的には伝えたいけど、なにかのついでにポロッと王太子様に話されて、また巻き込まれても困る。

まあ、そのための制約なんだろうけど、それも抜け道がありそうで怖いんだよね。話せなくても手紙で知らせる、とかね。手紙なんて誰が見るのかわからないんだから、余計に怖い。

父たちの懸念もわかるから、今は話すのをやめることにする。

だけど、いつかはグレイさんたちにも話をしたいと思う私がいる。

それは今じゃないだけで、もっと落ち着いたらでいいだろう。

そういうと、全員が頷いてくれた。

「俺はそれでいいと思うぞ？」

「エアハルトさん」

「確かに仲間ではあるが、俺たちとグレイたちでは明確な違いが出てしまっているからな。言い方は悪いが、グレイとユーリアは王族と貴族だ。臣下に下ったとしても、公爵という高い地位になる。俺たちは平民だ。そして、冒険者は貴族が片手間にできるほど、楽なものじゃない」

「そうだな。領地経営しながらダンジョンに潜るというのは、無理があるだろう。せいぜい、領地内にあるダンジョンの視察として三日から五日間潜るのが関の山だ」

「ああ。それほどに厳しいんだ、ダンジョン攻略っていうのはな」

領地を与えられるということは、とても大変なことなんだろう。ヨシキさんと父も、エアハルトさんの言葉に頷いているのだから。

元貴族なだけあって、三人ともそのあたりの理解があるんだろうなあ。

庶民の私にはまったくわからない感覚だけどね。

そのあとはダンジョン攻略の話になった。

途中、ラズが薬草採取に行きたいと言い出したのでエアハルトさんとヨシキさんにお願いして、スミレとロック、ソラを連れて採取に行ってもらった。

朝食の用意をする時間になるころに帰ってきた四匹は、薬草だけじゃなくて食べられるキノコや果物も採取してきた。

四人でパパッと朝ご飯を作っていると、その匂いで全員起きてきた。

ご飯を食べたあとは、まずはふたつ目のセーフティーエリアを探すんだって。

最初のセーフティーエリアは地図にのっていたけど、それ以外はまだ攻略途中なのだ。

だから先に進むにしろこのまま帰るにしろ、ある程度地図を作っておきたいらしい。

なので、ひとつ目のセーフティーエリアに帰ってくる時間を決め、左右に分かれて探索することに。ただ、同じチームだけだとマンネリになって見落としがあるかもしれないからと、両パーティーでメンバーを交換することにした。

今回は私とアレクさんが『アーミーズ』にいき、両親とカヨさん、セイジさんを含めた元自衛官のお二人が『フライハイト』にくることに。

薬草採取をしないといけないから、私と両親を分けたみたい。

あと、従魔《じゅうま》たちも半分に分けることになった。ロキとシマ、ソラとスミレが『フライハイト』に、残りは私と一緒に『アーミーズ』にいく。

もちろん自由に動いてもいいけど、必ず各パーティーリーダーに報告をすること！　と念を押されて頷いていた。

本当にいい子たちだなあ！　ダンジョン内では私以外の人の話も聞いてくれるから助かる。

パーティー分けが終わったので出発する。

ヨシキさんともう一人の元自衛官であるサトシさんが地図を作成しながら歩いている。この世界にもコンパスがあって、それを見ながら方角を確かめては、微妙に迷路になっているところを書き加えていくのだ。

他の人は周囲を警戒し、私とラズは薬草を採取している。

すると、マーダーモンキーが四体現れた。まずは【風魔法】の【ウィンドカッター】を放つと、手がスパンッ！　と切れた。

切られたマーダーモンキーは怒ったように唸る。

その声に同調したように四体がこちらに向かってきたので、戦闘開始だ。

ヨシキさんが剣で切り付けるとサトシさんが槍で突き、ライゾウさんが斧で切る。ミナさんは弓で攻撃していた。アレクさんも双剣で攻撃し、従魔《じゅうま》たちは魔法で彼らをフォローしつつ、私を護衛してくれる。

私はレベルＵＰしたことで回復量が増えた【ヒールウィンド】を使い、前衛で戦っている人たちを回復しつつ、【エアショット】や【ウィンドカッター】を放つ。

二回ほど同じことを繰り返すと、四体のマーダーモンキーは光の粒子となって消えた。

ドロップは魔石と長い爪、長い尻尾に房がたくさんついたバナナ。……バナナ⁉

「なんでバナナ……」

「サルだからじゃないか？」

「フォレストモンキーもバナナを落とすしな」

「だからってバナナって……」

納得いかないけど、あのアントス様が管理しているもんね、いい加減な部分もあるんだろう。

ドロップを拾い、また歩く。すると冬虫夏草《とうちゅうかそう》を見つけたので、採取する。

なんていうか……芋虫みたいな根っこの上に、双葉がにょきっと生えていて、双葉の間に白い花が咲いている薬草なのだ。植物なんだけど、根っこの見た目が芋虫だから、ちょっと気持ち悪い。

そんな気持ち悪い冬虫夏草《とうちゅうかそう》をラズに教えていたら、今度はデスタラテクト五体に襲われた。

糸でぐるぐる巻きにされると厄介なので、槍や弓で攻撃するサトシさんとミナさん。私と従魔《じゅうま》たちは魔法を放つ。その隙間をぬってヨシキさんとライゾウさん、アレクさんが攻撃すると、すぐに光の粒子となって消える。

あっという間に戦闘を終わらせた私たちは、ドロップした魔石と糸、毒腺《どくせん》を拾ってまた移動を始めた。

そんなことを繰り返しているうちに、ダンジョンの壁にあたる部分に着いたらしく、そこから先は木々が密集していて進めなくなったので、左のほうへと移動をする。

突然、先行して歩いていたレンとロックが立ち止まった。

レンはしきりに耳を動かしているし、ロックもまるで匂いを嗅ぐように鼻や顔を動かしていた。

〈濃い魔力を感じるにゃ〉

〈オレも〉

「なに？」

「どこから？」

〈こっちにゃ〉

真っ直ぐ歩くこと五分。大きな木々の間にぽっかりと穴が開いていて、そこから下に階段が伸びていた。

「下に続く階段か……。エアハルトに連絡するから、ちょっと待ってくれ」

「じゃあ、オレは偵察《ていさつ》に行ってくるわ」

「では、僕もご一緒いたしましょう」

「頼む。サトシ、アレク」

ヨシキさんの言葉に全員で頷く。残った私たちは周囲を警戒する。さすがにこういうときは私も薬草の採取はしないよ。

ギルドタグの連絡機能でエアハルトさんとやり取りをしているヨシキさんを横目に見つつ周囲を警戒していると、サトシさんとアレクさんはすぐに上がってきた。なんだか興奮しているようだ。

「階段の下はどうだった？　エアハルトたちはふたつ目のセーフティーエリアを見つけたそうだ」

「ボス部屋だった。なにが出るかわからんから、セイジたちと合流してからトライアル&エラーをしたほうがいい」

「そうでございますね。少し覗いた感じではかなり広い部屋でしたから、大型の魔物が出る可能性もございます」

「……なるほど」

二人の言葉に全員が衝撃を受ける。従魔《じゅうま》たちはなんとなく察していたようで、それほどの驚きはなかった。

ボス部屋は第十階層との噂だったのに、まさか第七階層でボス部屋を発見するとは思わず、内心かなり驚きました。

そして二人の話を聞いたヨシキさんは、なにか考えるように腕を組んでいる。

一日最初のセーフティーエリアに戻ろうと、今度は別のルートを通って地図を埋めつつ早歩きした。

従魔《じゅうま》たちはあちこち動き回り、ドロップを拾って帰ってくる。もちろんヨシキさんたちもアレクさんもノリノリで魔物を倒しているんだから凄い。

私も採取しつつ、アズラエルを使って襲ってきたイビルバイパーを一撃で倒しましたとも。

アズラエルのレベルとランクを上げないといけないからね、頑張るよ～。

そんなことをしているうちにセーフティーエリアに着いた。

エアハルトさんたちはすでに着いていた。待たせたみたいで、すっごく申し訳ない。

「すまん、待たせた！　地図を埋めながら来たから遅くなった」

「大丈夫だ。俺たちもできるだけ地図を埋めてきたし、今来たばかりだから」

「そうか。飯はどうする？」

「ここから一時間ほどでもうひとつのエリアに着くんだ。そこでいいだろう」

「へえ、案外近いな。なら、ミントティーとバナナで休憩するくらいでいいか」

「だな」

リーダー同士で話し合い、とりあえずの方針を決める。

ミントティーを作って休憩をしたあと、エアハルトさんたちについていきながら、ラズや母と一緒に採取をさせてもらった。

ここには冬虫夏草《とうちゅうかそう》の他にアマチャヅルもあって、採取が楽しい。

アマチャヅルはお茶にしたいなあ。

それはともかく、フォレストモンキーやマーダーモンキー、イビルバイパーなどの魔物たちと戦闘したり採取をしつつ歩いていると、ふたつ目のセーフティーエリアに着いた。

まだ四時過ぎだからと、地図を埋めるためにも周辺を歩くことに。

十分も歩くと密集した木々がある場所に出たので、ここが壁なんだとわかる。そこから右に行くと、途中でT字路になった。そこはエアハルトさんたちが記載したらしく、そのまま真っ直ぐ進むとゆるやかにカーブした、密集した木々になる。ここが角になるんだろう。

面白いなあ、ダンジョンって。本当にRPGのマップを埋めているみたいだ。

壁に沿って歩いているとまたT字路が。それを通り過ぎてふたつ目のT字路を右に曲がり、警戒しながら進んでいく。途中にあった十字路を左に曲がり、さらにその先にあった十字路を右に曲がる。そのままずっと歩いていくと、セーフティーエリアに着いた。

戦闘と採取をしながらだったからちょうど一時間歩いたかな？　ちょっと早いけど野営とご飯の準備をする。

ボス部屋が見つかったので、みんなでその攻略方法を話し合うみたい。

できれば二日間かけて弱点などを探し、一気に攻略したいとかなんとか……

今のところ私が手伝えるようなことはないから、みんなに話し合ってもらっている間にご飯を作る。ここ数日は質素とまではいかないけど、お腹にたまるようなものじゃなかったからね～。

周囲には私たち以外誰もいないし、まだ五時過ぎだから時間もあるし、久しぶりにカレーでも作りますか！

そんなこんなで二時間後。

カレーの匂いに我慢できなかったみたいで、深皿を持って並んでいたみなさんがいた。

「おかわりできるくらい作ったので、どんどん食べてくださいね」

福神漬けはないのでその代わりにサラダや浅漬けをお皿に盛り、三つのテーブルに置いておく。もちろん取り分け用にスプーンもつけた。

〈久シブリノカレー、美味シイ！〉

〈リンママ、おかわり！〉

〈ラズも！〉

「ちょっと待ってね」

本当に久しぶりに作ったからね、カレーは。大型の従魔《じゅうま》たちは小さくなって食べている。スミレが一番小さいから具材を小さく切ったけど、他の従魔《じゅうま》たちはそのまま食べている。

ああ、口をカレーだらけにして……

あとで濡れたタオルで拭いてあげるか、魔法を使わないと。

「やはりカレーは美味しいものだね。最近、アイデクセの王都にも店ができたから食べてみたけど、ここまで美味しくないんだよ」

「そうですわね。リンは誰から習ったのですか？」

「師匠です。なんでも知っている人でしたけど、一度教えると二度と作ってくれなかったんですよね……」

「リンのお師匠様は、ものぐさでしたのね」

「そうなんです」

ごめん、アントス様。とうとうものぐさ扱いになってしまったよ～。でも、あながち間違ってない気がする。

そんな話をしつつ、私以外の全員は二回か三回おかわりをしたのかな？

三つあったお鍋の中身が綺麗になくなっていたのには、乾いた笑いしか出なかった。

ご飯のあとにミントティーを配り、今度は全員で明日以降のことを話し合う。

「リンはまだAランクだし冒険者じゃないから偵察《ていさつ》を外すが、いいか？」

「もちろんだ。リンは薬師だからな」

エアハルトさんの言葉に、ヨシキさんをはじめとしたみんなが頷いている。私もそれでいいと考えている。だけど、母が不満そうに口を尖らせていた。

「あら、わたしはどうなのよ？」

「ミユキは冒険者でSランクになったんだろう？　リンのように完全な薬師というわけではないじゃないか」

「あら、偏見ね」

「よく言う。リョウを背負ったまま前衛に突っ込むくせに、なにを言っているんだか」

「……」

父の言葉に、母はそっぽを向いて口笛を吹いている。なんて典型的な誤魔化し方なんだろう。

そんな様子を全員で笑いつつ、人数や誰が行くのかを確認し、割り振っていくエアハルトさんとヨシキさん。もちろん従魔《じゅうま》たちも割り振られている。

その代わりではないけど、私はここに残って採取をしてほしいと言われた。あと、お昼の用意。二日間だけというので頷いた。

その後も少し話したあと、テントの中に潜り込む。

今日は野営がないのでゆっくり眠れる。

だけど、もしものときのために、持ってきた薬草からハイパー系と万能薬を作っておく。この階層や他の階層で採取した材料があるから、もし手持ちのものがなくなってもなんとかなりそうだ。

あとは神酒《ソーマ》だけど、人数が多いことから念のため十本持ってきている。なので、作らなくていいかも。

「ラズ、薬草をすり潰すんだけど、手伝ってくれる？」

〈うん！〉

いきなり魔力で作るのではなく薬草をすり潰すのは、最初の野営がユーリアさんからだから、念のためだ。急にテントにやってくることがあるかもしれないからね。母は五百年生きているから魔力だけで作っても問題ないけど、私がそんなことをしようものなら、せっかく話さないと決めたことが無駄になってしまう。

まあ、カモフラージュでもあるんだよね、ラズにお願いしたのは。

もちろん私もすり潰しますとも。

まずは材料をすべて用意してから、ごりごりと音をさせて薬草をすり潰す。

〈リン、終わった〉

「ありがとう」

ラズが薬草潰しを終えたので、私も途中だけど潰すのをやめてさっさと魔力でハイパーポーションを作り上げる。そのついでにハイパーMPポーションと万能薬も作った。

「よし、今日はこれで終わり！　みんな～、寝るよ～」

そう声をかけると、枕役のロキ以外はみんな小さくなって私の周りに集まってくる。

さっきまでは平気だったのに雨が降ってきたみたいで、テントにポツポツと音がしていた。

こんな音がして眠れるのかなあ……って思っていたんだけど、従魔《じゅうま》たちの体温のほうが温かくて、いつの間にか寝ていた。


ご飯が炊ける匂いで起きる。うーん……健康的だなあ。

「おはようございます」

身支度を整えるとテントの外に出る。小雨が降っているようで、竈や私たちが寝ているテントの入口を覆うように、大きなテントが張られていた。

ご飯を食べたあとは準備をして出発する。

私はセーフティーエリア周辺で採取、他のみんなは地図の作成とボス部屋に行って偵《てい》察《さつ》です。

今日ボス部屋に行くのはユーリアさんとグレイさん、ヨシキさんとライゾウさん、セイジさんとサトシさん。従魔《じゅうま》たちはロックとユキ、レンとラズが同行する。

ヨシキさんは案内も兼ねて、ボスの偵察《ていさつ》に行くみたい。エアハルトさんたちはセーフティーエリア周辺の地図を作成だ。

従魔《じゅうま》たちに気をつけて行くように話すと、真剣に頷いていた。

「よし、みんな気をつけて行ってきてくれ。なにかあったら、すぐにタグの連絡機能で連絡をよこせよ？」

「ああ。行ってくる」

エアハルトさんによると、午前中はこのメンバーで、午後は逆になるそうだ。ボスはなんだろう……と不安になるけど、それは私だけじゃないからと、なんとか不安を呑み込む。

「リンはこの周辺から離れるなよ？」

「はい。危ないと思ったら、すぐにセーフティーエリアに逃げます」

「それでいい」

気をつけていけ、と頭を撫でるエアハルトさん。少しとはいえ身長が伸びたのに、相変わらず子ども扱いで凹む。

ヨシキさんたちやエアハルトさんたちを見送り、もやもやしていると怪我をするだろうからと、深呼吸してからロキに声をかける。

「じゃあ行こうか」

〈承知〉

まずは、エアハルトさんにもらった地図を頼りに、セーフティーエリアに沿って一周し、薬草やキノコ、野草や果物を採取する。私も魔物を警戒しつつ採取をしているんだけど、従魔《じゅうま》たちがとても優秀だから、私が立ち上がる前に戦闘が終わっていることが多いんだよね。

凄すぎて、何度唖然としたことか。

楽しそうにしているからいっか～、と苦笑しつつセーフティーエリアを一周したので休憩する。かなりゆっくりと歩いたり採取したり戦闘をしてたから、お昼近くになってしまったのだ。

お昼はどうしようと悩みつつ、乾燥野菜や乾燥キノコを使ってスープを作り、バイコーンラビットが落としたお肉を串焼きにする。他にもサラダを用意した。

串焼きならパンのほうがいいかとパンを出していると、ヨシキさんたちが帰ってきた。少し遅れてエアハルトさんたちも。

それにしても、ヨシキさんたちはなんだか疲れているような……？

「お疲れ様でした！　まずは、先にご飯を食べてください」

お互いに話したいことがあるのはわかるけど、疲れているみたいだし、食事をしたほうがいいよね。食べながら話すこともできるし。

そして、ご飯を食べながらヨシキさんたちの話を聞くと、ボスの偵察《ていさつ》に行っていた人たちが疲れている理由がわかった。

「ボスはキングボアとクイーンボアだ」

「ロキの倍近くある魔物でな……」

「お供はレッドボアとビッグボアが三体ずつだったが、全員で行ったらもっと増えるかもしれない」

その言葉に、エアハルトさんたちが呆然とし、従魔《じゅうま》たちは……

〈〈〈〈〈〈〈〈お肉狩りーーー!〉〉〉〉〉〉〉〉

と喜んでいた。「やったるでーーー!」とばかりに喜ぶ従魔《じゅうま》たちとは対照的に、私以外のみんなは難しい顔をしている。その雰囲気からして、とても危険な魔物なんだろうということが窺えた。

話によると、どっちも北にある上級ダンジョンの第七階層と第八階層に出てくるAランクの魔物だけど、それは単体での話。両方いっぺんに、しかもお供がいるとなると、SSランクに限りなく近いSランクになるという。

それほどに危険な魔物なんだそうだ——大型だから、余計に。

だけど従魔《じゅうま》たちは「楽勝!」とばかりに、どこをどう攻めるとかどの魔法を使うかなどを話し合っていて、それを聞いたみんなは呆然としている。

いち早く我に返ったのはリーダーの二人だった。

「おいおい、そんな楽観視できるような魔物じゃないだろう？」

「そうだぞ？　二匹プラスお供もとなると、戦闘は激化する」

〈そうは言うが、我らはＳＳＳランクの神獣だぞ？　後れを取ることなどあり得ぬ〉

〈そのために話し合っているにゃ〉

「「あっ!!」」

みんなは忘れてたみたいだけど、従魔《じゅうま》たちは全員神獣なんだよね～。

どうやら神獣特有のスキルがあるようで、それを放とう！　って話している。

〈一回、リンと我らだけで倒してくるにゃ？　五分もかからずに終わるにゃ〉

〈そうにゃ。ボア種なら、我らだけでも倒せるにゃ。スミレもいるにゃ〉

〈ボア種ナラ【即死魔法】ガキク〉

「あーーー！　そうだった!!」

レンとシマ、スミレの言葉に、みんながハッとしてから一斉に声をあげた。

王太子様に対する脅しで【即死魔法】を放つと言ったことはあるけど、スミレは今まで一度も使っていない。地上にいるときは絶対に使ったらダメだと念を押しているし、ダンジョンでも今のところまったく使っていないのだ。

ダンジョンは危険ではあるけど、脅威になっていないだけなんだよね、スミレにしてみれば。それは他の従魔《じゅうま》たちにも言えることで、それぞれが持っている最終兵器とも呼べる魔法は一切使っていないのが現状である。

使っているのは、それぞれの属性魔法の上位にあたるものばかりなのだから。

「ボスのリポップ待ちはないよな？」

「ない。並んでいてもすぐに扉が開閉するってことは、大丈夫だろう」

「だな。さて……みんな、どうする？　ボス部屋にある手前の部屋なら、セーフティーエリアと同じように寝泊りすることができる。そこで一泊するつもりで移動するか？」

「そうだね。さっきも言ったけど軽く戦ってみた感覚では、全員でかかれば倒せると感じた」

「魔法は少々ききづらいですけれど、まったくきかないというようなこともありませんでしたものね」

「数が多いことだけが厄介だがな」

ボスと戦った人たちはみな同じように感じているのか、グレイさんとユーリアさん、サトシさんの言葉に頷いている。

「ですが、逆に言えばそれだけでございますよね？」

「ああ。それはこっちにも言えることだしねぇ」

数の暴力は怖いが、それは私たちにも魔物にも言えること。

ボア種は確かに魔法がききづらいものの、剣などの物理攻撃はきちんときく。それぞれ得意な武器は違うけど、オーガが落とした成長する武器を全員が手に入れているから、攻撃力が上がっているというのも自信に繋がっているみたい。

それは私も感じている。アズラエルの切れ味は、とても凄いのだから。

なによりも、従魔《じゅうま》たちがいるってことがみんなの安心材料になっているようだ。

「よし、とりあえずボス部屋に行こう。恐らくだが、ボスを倒せば各階層に転移陣で行けるようになるかもしれない」

「そうでございますね。それに、下にも階層があるのかも確かめられますし、時間の許す限り探索してもよろしいかと」

「オレもそれでいいぜ？　まだ探索時間が一週間以上あるんだ。何回もボスを倒して、レア素材をゲットできるかもしれないし」

ヨシキさんとアレクさん、セイジさんが意見を出してくる。

少しずつだけど、みんなのテンションが上がってきた。

ボアか～。私の場合は従魔《じゅうま》たちが張り切っているからお肉かな？　あと内臓も。他の素材はみなさん行きだね。

なにが欲しいかは一度戦ってみて、それから決めることになった。

そのためにはさっさと移動しようとテントや簡易竈、バーベキューセットなどを素早く片づけ、小雨が降る中ボス部屋の手前まで移動を開始した。

全員で戦闘をしながら壁伝いに歩き、階段を下りる。

そこは石造りの部屋のようになっていて、ダンジョンのように雨が降るということもなかった。かなり広い部屋で、ここなら余裕で野営できそうだ。

さらに奥まったところに重厚そうな扉があって、そこがボス部屋の入り口になっているようだった。

「よし。今日はゆっくり休んで、ボス戦は明日に……」

〈我らが先に倒してきていいか？〉

〈肉が食べたいにゃー〉

ヨシキさんの言葉を遮ったロキとシマに、全員で「肉……」と呆れたように、従魔《じゅうま》たちを見つめた。気持ちはわかるよ……従魔《じゅうま》たちはブレないからね、そういうところは。

「止めたところで勝手に行かれても困るしなあ……。はあ……わかった。リン、従魔《じゅうま》たちを連れて、一回戦ってきてくれるか？　ドロップはそのままリンのものにしていいから」

「いいんですか？」

「ああ。ただし、どんな攻撃をしたのか、ドロップはなんだったのか、きちんと報告をしてくれると助かる」

「わかりました。みんなもそれでいい？」

〈ああ。そこは我らが報告するとしよう〉

「頼む、ロキ」

私たちの戦闘隊長ともいうべきロキの言葉に、みんなが頷いている。

私たちが戻ってくるまでは、みなさんは第六階層で採取や戦闘をしてくるそうだ。その前にテントを張ったりするそうで、その間に私たちが戦うことになった。

「じゃあ、行ってきます」

「気をつけてな」

「はい」

〈我らがいてリンに大怪我をさせるなど、あり得ぬ〉

〈スミレモ護ル！〉

〈ラズもいるよ！〉

〈〈〈我らもにゃー！〉〉〉

〈オレもリンママを護るよ！〉

「ははは。頼もしいな、リンの従魔《じゅうま》たちは」

本当に頼もしいよね！　さっそく従魔《じゅうま》たちと一緒にボス部屋に入る。少し前に歩くとうしろの扉が閉まり、奥にあった扉が開いて、ロキよりも大きな体つきをしたこげ茶と赤茶のボアが出てきた。

こげ茶がキングボア、赤茶がクイーンボアみたい。本当に大きくて、牙も立派で長い。まるでマンモスのようだ。お供はレッドボアとビッグボアが四体ずつ出た。従魔《じゅうま》たちの数が多いから、それでかな？

「じゃあ、やるね。【テンペスト】！」

まずは私から攻撃する。ひと当てしないと倒したことにならないからね～。

私が放った魔法でビッグボアが二体とレッドボアが一体、光の粒子となって消えた。その場にドロップしたのは魔石と大きな皮、お肉と牙だ。

その後は従魔《じゅうま》たちの独壇場だった。

ロキとロックが【咆哮《ほうこう》】を放ち、ラズが【樹木魔法】の【リーフカッター】を放つ。それに続くようにレンとユキが【火炎魔法】の【フレイムランス】を、シマとソラが【氷魔法】の【ブリザード】を放つ。スミレは【闇魔法】の【ダークランス】を放っている。

おおう、過剰攻撃なんじゃ……⁉

そう思ったのは当たりで、私が弱っているお供のレッドボアを攻撃して倒したら爆発炎上し、煙が消えたあとはすべて光の粒子となって消えた。

「うわぁ……。あっという間に終わったねぇ……」

〈だから五分とかからないと言ったであろう?〉

「確かに。じゃあ、ドロップを拾ったら、一回エアハルトさんたちのところに戻ろうか」

〈一応、階段があるか確かめるにゃ〉

「そうだね。お願いしてもいい？　レン」

〈任せるにゃ〉

従魔《じゅうま》たちにドロップ拾いをお願いしていると、私の前に宝箱が出現した。

中身は攻撃魔法と物理攻撃を防御してくれる腕輪が全部で九個。従魔《じゅうま》たちのぶんも含まれているみたい。

【守護の腕輪】伝説《レジェンド》
魔法と物理の攻撃を両方防いでくれる腕輪

初級魔法を完全に防ぎ、中級は75％、上級は50％カットする
物理攻撃も50％カットしてくれる腕輪
付与《エンチャント》：伸縮自在

【アナライズ】で見たら……おおう、またとんでもない腕輪が出てしまったよ……

これで成長するとなるとヤバイけど、成長しないみたいだからホッとする。

伸縮自在がついているなら、従魔《じゅうま》たちも身に着けられるしね。

そしてドロップは魔石とお肉、牙と皮。ボスのぶんの皮はそれぞれの色がついていて、かなり綺麗な色だ。その他にもレアドロップなのか、カチューシャとバレッタが出た。

……なんでボアから装飾品が出るんだろう。

立派な牙や皮があるんだから、普通は武器や防具じゃないの？

不思議だなあって首を捻っている間に、階段があるか確認していたレンが帰ってきた。

レンから報告を聞いたあとは、エアハルトさんたちが興奮するんだろうなあ……と若干遠い目をしつつもみんなのところに戻る。

まだテントを張っているところに戻ると唖然とされた挙げ句、「いくらなんでも早過ぎるだろ!!」と、全員から突っ込みを入れられたのは言うまでもない。

先に報告しなきゃいけないからと、私とロキを中心に、全員で戦闘したときの様子を話す。

　そしてレアドロップと思われるカチューシャとバレッタを見せた。

　カチューシャとバレッタも魔道具のようで、カチューシャには【魔法攻撃力ＵＰ】が、バレッタには【物理攻撃力ＵＰ】がついていた。

「いきなりレアドロップか……」

「北ダンジョンでも同じものが出るんですか？」

「ああ」

　やっぱりレアドロップだったらしい。皮も一枚皮というのは珍しいそうで、売ればかなりいい値段になるだろうと教えてくれた。

　だけど、ライゾウさんがじっと見て、欲しそうにしているんだよね。

「あの、ライゾウさん」

「なんだ？」

「ふたつの皮なんですけど、いりますか？」

「俺としちゃあ欲しいが、戦ってからだな。ダンジョンボスはランダムの場合があるから、次に戦闘してから決める。それでいいか？」

「はい」

そういえば初級ダンジョンのボスもランダムだったよなあ……って思い出したから、ライゾウさんの言葉に納得だ。上級西ダンジョンの中ボスや中級ダンジョンのラスボスは固定だけど、初級ダンジョンのラスボスのように、ランダムになっているところがあるんだって。

それは何回も倒してみないとわからないから、いろいろ調べるんだとか。

テントの設置も終わったからと予定通り交代し、エアハルトさんたちがボス部屋に行き、他の人たちはマップを埋めるべく行動を開始する。私は階段近くをぐるぐる回り、薬草採取をする。

今回はロキとシマ、ソラとスミレが私と一緒なので、迷っても大丈夫。みんな通ってきた場所を覚えているのだ。それは他の従魔《じゅうま》たちにも言えることなんだけどね。いざとなったらロキにのせてもらって拠点に帰ればいいだけの話だし。

本当に優秀な従魔《じゅうま》たちです！

一時間くらい歩いていると、帰還の魔法陣を見つけた。近づいたら作動したから、帰ることはできるんだろう。触ってもいいけど、いきなり第一階層に飛ばされるといろいろ困ることになるので、触ったりしないよ～。

「ヨシキさんたちは見つけたかな」

〈どうであろうな。念のため地図に書いておいたらどうだ？〉

「うん、そうする」

ヨシキさんとエアハルトさんに地図の書き方を教わっておいてよかった！　ここに来る前にも少しずつ書いていたんだよね。

誰かが見つけていたとしても、データが重複すればするほど、正確な地図になるんだって。

一応魔法陣の周辺を歩いて、こっちも地図にしながら戦闘と薬草採取をしていると、雨足が強くなってきた。

〈リン、雨がもっと強くなる可能性がある。そろそろ帰るとしよう〉

「うん」

〈できるだけ早く帰ったほうがいいにゃ。雨のときに出る魔物がいるかもしれにゃいにゃ〉

「そんなのがいるの？」

〈そうにゃ。フロッグというにゃ。毒があるから肉は食べられにゃいのが残念にゃ〉

「そうなんだ～」

なにを落とす魔物なのかな、フロッグって。確か、六十センチ近い大きさのカエルだったと思うけど。

そんな話をしていたらフラグになったんだろう。

ロキに促されて背中に跨《また が》ろうとしたら、地面から急に大きなカエルが飛び出して襲ってきた。その数、五体。

つるつるしている表面に弾かれるのか魔法がきかないらしく、私はアズラエルで、みんなは爪や牙、猛毒で一体ずつ倒した。ドロップは魔石とつるつるした皮。

「皮なんて出るんだね。なにに使えるのかなあ」

〈魔法と同じように雨を弾いているようだから、外套《がいとう》に向いているのではないか?〉

「なるほど～」

ロキの言う通り、雨合羽《あまがっぱ》のように雨を弾き、雫となって落ちている。小さいから一体分の皮で外套《がいとう》が作れるかわからないけど、見つけたら積極的に倒してみよう。

今まで見たことがない魔物だから、もしかしたら初めて出た魔物かもしれないし。あと、ライゾウさんに傘を作ってもらってもいいかも。もしくは、ビニールハウス代わりにしてみるとか。そこは相談してからにしようと決め、ロキに跨《また が》って階段を目指した。

途中で出てきたフロッグはすべて、従魔《じゅうま》たちが全部倒したり、私もロキに跨《また》ったままアズラエルを振ったりして倒した。

帰る途中でヨシキさんたちと会ったので、そのまま一緒に向かう。

「それにしても、フロッグが出るとはなあ」

「他のダンジョンはどうなんですか？」

「稀ではあるが出るところがあると聞いてはいるが、俺たちは初めてだな」

「そうなんですね。フロッグの皮ってなにに使うんですか？」

「今日みたいな雨降り時の外套《がいとう》だな。リンはどれくらい集まった？」

「八十体分ですね。五体ずつ出たので、すぐにたまってしまったんですよ」

「やっぱりか」

ヨシキさんたちも五体ずつ出ていたらしく、もう百体分は集まっているんだって。

ドラゴン族は体が大きいから外套《がいとう》を作るとなると十体分前後の皮が必要になるけど、私だと四、五体、エアハルトさんたちも六、七体分くらいで足りるだろうと言っていた。

まあ、そこはサイズを測ってみないとわからないと言われたよ。

「みんなでお揃いの外套《がいとう》もいいですよね」

「お、いいね、それ。時間があるようなら、ライゾウに作ってもらおう」

「僕はフロッグの皮で作られている、ドラールにあるというカサというものが欲しいね」

「わたくしも興味がありますわ」

グレイさんとユーリアさんの言葉に驚く。二人はそのまま色や形などの話を始めてしまったので、ヨシキさんにこっそり聞いてみる。

「傘があるんですか？」

「ある。ドラール国や東大陸にあるから、必要なら頼んでおくぞ？」

「へえ……。いえ、自分で頼むことにします」

「そうか」

答えを聞いて、やっぱりライゾウさんに作ってもらおうと考える。

しょっちゅうフロッグと遭遇するから疲れちゃったけど、なんだかんだで百五十体分の皮が集まったから内心ホクホクだったりする。『フライハイト』や従魔《じゅうま》たちのぶんを含めた雨合羽《あまがっぱ》的な外套《がいとう》と傘を作っても、かなり余るからね～。

これなら、ビニールハウスのようなシートが作れるかもしれない。

そしてグレイさんやユーリアさんと話した結果、エアハルトさんと相談して、全員お揃いの外套《がいとう》と傘を作ってもらうことになった。

それからすぐに階段に着いたので魔法で水滴を飛ばし、下へと進む。

夕方近いからなのか気温が下がってきていて、少し寒い。

それを見越してか、エアハルトさんたちが簡易竈とバーベキューセットを出して、周辺を温かくしてくれていた。

「おかえり。なにかあったか？」

「土砂降りに近い雨だったせいか、フロッグが出た」

「フロッグか……。外套《がいとう》が作れるな。他は？」

「俺たちは特にないな」

「あ、私は帰還の魔法陣を見つけました」

地図をエアハルトさんに渡すと、ヨシキさんと一緒になって確認したり、新たに書き加えたりしている。ヨシキさんたちは手前にあった十字路を左に曲がったらしく、魔法陣を見ていないんだって。

私は右に曲がったから、それで発見できたみたい。みんなに褒められました！

「で、エアハルトたちはどうだった？」

「キングスライムとクイーンスライム、お供にビッグスライムが出た。それぞれレアが出た」

「倒したのか。それにしても……また？　ずいぶんレアを落とす率が高いな」

「まだ誰も攻略していないダンジョンだからじゃないか?」

「かもな」

ヨシキさんとエアハルトさん、グレイさんとセイジさんの四人があぁだこうだと話し合いをしている。ミナさんとカヨさんがご飯を作ってくれているので、その間に外套《がいとう》と傘の件をライゾウさんにお願いをしようと思う。

「ライゾウさん」

「おお、リン。さっきの皮だが、譲ってくれるか?」

「いいですよ。私も依頼したいのがあるんです」

「なんだ?」

「フロッグの皮で従魔《じゅうま》たちのぶんも含めた外套《がいとう》と、私には傘も作ってほしいんです。もちろん、『フライハイト』のメンバーにも。どうでしょう?」

「おお、それくらいならいいぞ。お安い御用だ」

代金やサイズを測るのはダンジョンを出てからとなり、先に私はボス戦で出たボアの皮を二枚とも渡した。

そうこうしているうちにヨシキさんたちも話し合いが終わり、ご飯もできたので食べる。

食事が終われば野営の準備。今日は私が野営のトップになるので、寝ないように頑張らないとね！


野営をきっちり終えてしっかり寝た。他に冒険者がいないから、問題の起きようがない。まあ、上級に潜るような人は問題なんて起こさないんだけどね。

で、朝ご飯を食べつつ今日の予定を話し合う。

といっても、どんなボスが出るのか検証するだけらしい。倒すと毎回違うのか、ランダムなのか、順番なのか。人数ではどうかなどなど、いろいろと調べるんだそうだ。

「今日はリンにも戦ってもらうつもりだが、いいか？」

「いいですよ～」

「よし。なら、職業でも検証してみるか？　医師と薬師、従魔《じゅうま》たちで」

「だな」

「では、最初に行こう。ミユキ、リン。それでいいかね？」

「いいわよ」

「はい」

おお、親子でボス戦攻略です！

まずはリョウくんがいない私たち三人の場合だけ、リョウくんがいる場合の四人、そこから従魔《じゅうま》たちの数を増やして倒していくという。昨日の段階で父だけ、または他の誰かだけでボスを倒したりしているそうなので、少人数でも問題ないそうだ。

凄いなあ、ドラゴン族って。

で、早く検証したいからと三人でボス部屋の中に入ると、出てきたのは赤と青のビッグスライムが二体だけだった。父はナイフを使って投擲《とうてき》をし、私と母は魔法で攻撃するとあっという間に終わってしまった。

レアドロップは私とラズ、母やユーリアさんが持っている短剣の火と水バージョン。あとは魔石とスライムゼリーが出た。

そしてリョウくんを背負った母と一緒に入ると、これまた黄と緑のビッグスライムが二体だった。レアドロップは土と風の短剣。

次にラズと一緒に入ったら、デスタラテクトが三体、ラズとスミレが入ったらイビルバイパーが三体出た。こっちはレアドロップはなかった。

うーん……どんな法則になっているの？

もしかしたら職業に関係あるのかもと、今度は冒険者だけで三人、四人と増やしたら、キングスライムとクイーンスライムだけだったり、キングとクイーンプラスお供が出たりしたそうだ。

もし私と従魔《じゅうま》たち全員でもう一度入ったら、なにが出るんだろう？

それも確かめてみようと従魔《じゅうま》たちと一緒に入ったら、茶色と赤の大きなホーンラビットが出た。レンによると、キングホーンラビットとクイーンホーンラビットだそうだ。

お供はホーンラビットが五体。従魔《じゅうま》たちが「肉！」と張り切って、一瞬で終わってしまった。

ドロップは魔石とお肉、毛皮と大きな尻尾。レアドロップなのか、ピアスと腕輪が出た。

それらを拾うと扉が開いたので、みなさんのところに戻って報告する。

「キングとクイーンのホーンラビットに、お供としてホーンラビットが出ました。あと、ピアスと腕輪も。レアドロップですか？」

「ああ。やっぱりレアが出たのか。最初の攻略者だからなのか？」

「戦った全員がレアを拾っているんだから、そうなんだろうな」

「なるほど。早めに攻略して正解だったかもしれん」

「そうだな」

みんなしてそんな話をしている。

レアドロップはあとで集めて、欲しいものを言い合おうという話になった。もしかしたら、まだ出るかもしれないからね。

で、人数やいろんな職業の人を混ぜて戦った結果、ある程度の法則がわかった。

薬師か医師がメンバーにいると、一番弱いであろうスライムやホーンラビットが出るのだ。

その中に一人でも冒険者が交じると、ボアやデスタラテクト、ベアやディアが出てくる。

休憩やお昼を挟み、そんなことをずっとしていたら、全員レベルが上がったのは凄い。

一番低いレベルの私ですら三つ上がったんだから、どれだけ戦ったんだって話だよね。

「これだけ検証すればいいだろう。ただ、ほぼ毎回レアが出るのはなんでだろうな」

「初回のボーナス的ななにかじゃないのか？　俺たちだけじゃなく、他の連中がここに来るようになって戦えば、いずれはわかるだろう」

「だな。よし！　今日は従魔《じゅうま》たちが強力な結界を張ってくれるそうだから、全員で寝るぞ。明日は全員で行った場合のボス戦だから、できるだけ休もう。すまんな、ロキ、レン、シマ。頼む」

〈構わない〉

〈〈任せるにゃー〉〉

ロキとレン、シマが強力な結界を張ると、なんだかホッとするというか、教会にいるような感じの空間になる。不思議だよね～。神獣だからなのかな？

テントの中に入ると、明日に備えてハイパー系と万能薬をたくさん作っておく。明日のボス戦でなにが出るかわからないからだ。

「よし。これだけあれば足りるかな」

〈さすがに百本は多いのではないか？〉

「そうかなあ。だって人数も多いし。ママがハイ系と単体用の状態異常を治すポーションを作ってるんだよ？　私は薬師なんだから、どんな事態になっても備えられるようにしておかないと」

〈そうか、そうだな。死んでしまってはそこで終わりだしな〉

小さな声でロキと話していると、眠くなってくる。誰かの〈おやすみ〉の声に答えられたかどうかわからないけど、いつの間にか眠っていた。


そして翌朝。

「よし、各自ポーションは持ったな？」

「私がうしろにいるので、もしなくなったら来てください。もちろん、途中でも支援します」

「わたしも今回はうしろにいるわね」

今回は、私とリョウくんを背負っている母が後衛。

真ん中に弓を使うカヨさんとミナさん、投擲《とうてき》をする父。

遊撃がアレクさんとユーリアさんで、タンクがサトシさんとライゾウさん。

残りのみんなは前衛だ。

もちろん、キングとクイーンが出ることを想定して、前衛とタンクはふたつに分けられている。

真ん中を含めた私たちは、両方攻撃するのだ。

従魔《じゅうま》たちは真ん中と後衛を護衛しつつ、魔法や爪、牙で遊撃するそうだ。

私たちはふたつのパーティーが合わさった集団だけど、ずっと一緒に戦ってきたから、お互いの動きや不足しているところを補うことができる。それは凄いことだと思う。

「「よし、行こう！」」

お互いの顔を見て頷きあったエアハルトさんとヨシキさんが、同時に声を出す。

それを受けて全員で頷いたあと、ボス部屋へと向かう。

『フライハイト』と従魔《じゅうま》たち、そして『アーミーズ』を入れると、総勢十六人と八匹。

ずいぶん多いね！

みんなの緊張感が伝わる中、ボス部屋に入る。すぐに扉が閉まって奥から出てきたのは、ライオンの頭と山羊の胴体に毒蛇の尻尾を持つ魔物と、猿の顔と狸の胴体に虎の手足を持ち、蛇の尻尾を持つ魔物。大きさはどちらもロキの三倍はある。

お供はブラックウルフが十体もいる。

「な……っ！」

「Sランク指定のキマイラと鵺《ぬえ》だと⁉」

「しかもブラックウルフも！」

「チッ……人数が多いからか！」

一瞬ざわついたけど、そこはSランク冒険者。すぐに落ち着いてそれぞれに分かれ、戦闘を開始した。

まずはロキとロックの本気の【咆哮《ほうこう》】が放たれる。本気だからなのか、お供を含めたボスたちが一瞬にして止まる。その隙に全員で自分が持っている中で一番攻撃力がある魔法を放ち、まずはお供を殲滅《せんめつ》する。

私は【風魔法】で全体攻撃の最上級にあたる【バイオレントストーム】を放ったあと、単体で【ウィンドスラッシュ】と【ウィンドランス】をいくつも出すと、それをボスたちに放つ。

全員の魔法が魔物に当たり、それぞれが作用や反発して爆発炎上した。

おおう、過剰攻撃になったかも⁉

なんて思っていたんだけど、ブラックウルフはドロップになっていたけど、キマイラと鵺《ぬえ》はあまり怪我をしていなかった。いや、怪我はしているけど、そこはどっちもSランクの魔物。かすり傷程度なのが忌々《いまいま》しい。

そこからは弱点を探しつつ、魔法や物理攻撃。

弱点とまではいかないけど、キマイラは【風魔法】や【樹木魔法】が、鵺《ぬえ》は【火魔法】や【火炎魔法】がわりとききやすいみたいで、少しずつではあるが攻撃が通っている。一番きいているのはグレイさんとヨシキさんが持っている大剣で、次がエアハルトさんやセイジさんたちが持っている長剣だ。双剣もある程度きいているけど、剣の攻撃力の差なのかな？　数を叩き込まないとつらいみたい。

ボスたちもなかなかに強くて、口や尻尾からブレスを吐いたり毒を出したり、飛び上がって押し潰そうとしたりと攻撃が多彩だ。

しかも、自己回復能力を持っているのか、小さな傷ならすぐに塞がれてしまうのだ。

それもあって攻めあぐねているみたいで、みんなの顔色が少しずつ悪くなっている。

母やユーリアさん、従魔《じゅうま》たちが防御系の魔法を放ったり私も【ヒールウィンド】を放ったり、ポーションや万能薬を投げるけど、徐々に追いつかなくなってきている。さすがはボスってところだ。

「このままではジリ貧になるぞ！　っ！　エアハルト、危ない！」

「ぐあっ‼」

「エアハルトさんっ‼」

うしろに回って攻撃していたヨシキさんとエアハルトさん、グレイさんとセイジさんたちだけど、横腹に移動しようとして、エアハルトさんが尻尾でなぎ倒され、吹っ飛ばされた。

それを見た私の頭の中で、ブチッ！　となにかが切れる音がした。

本気で行くんだから！　みなさんへの説明？　知らんがな！

「ラズ、全員に【エリアヒール】と魔物たちに【サンダーランス】、スミレは【ダークチェーン】発動！」

〈〈おけ！〉〉

「ロキとロックは【咆哮《ほうこう》】を放ったあと、【ロックハンド】で魔物たちを固定。ロキは私をのせて、キマイラと鵺《ぬえ》のところに行って！」

〈〈承知！〉〉

「レンとユキ、シマとソラは【ブラスター】の準備。私の合図でそれぞれ放ってね！」

〈〈〈わかったにゃ！〉〉〉

「みんな、開始！」

まずは私の合図でロキとロック、スミレが行動を起こし、ラズが全員の体力や怪我を回復する。そしてそれぞれ攻撃魔法や補助魔法を放つと、ロキは私をのせてまずはキマイラの近くに行く。

魔法だけだと骨折などは治せないので、治療は申し訳ないけど後回しだ。

「リン⁉」

「なにをするの！」

「魔物を倒すだけです」

ロキに跨《また》がったままアズラエルを構える。

スミレとロックたちの魔法がきいているのか、動けなくなった魔物たち。私がなにかすると考えたのか、みなさんがそろそろとうしろに下がっていき、それを護るように従《じゅう》魔《ま》たちが前に出る。

レンとユキ、シマとソラは【ブラスター】のための魔力をためているのか、口の周りにオレンジと銀の光が集まり始めていた。それを見て私はアズラエルに魔力を流し、切れ味をよくする。

なにかを察したのか、魔物たちが首や尻尾を動かして私を攻撃しようとしているけど、ロキとロック、スミレの魔法によってどんどん固定されている。

どんなに暴れようとも外れないんだから、魔物たちは焦っているのだろう。

そんな様子を冷めた目で見つつ、まずはキマイラの首を攻撃すると、スパンッ！　と斬れた。そしてすぐに鵺《ぬえ》も同じように首を斬る。

「レン、ユキ！　シマ、ソラ！　【ブラスター】よ！」

《【太陽光線《ソル・ブラスター》】にゃ！》

《【月光光線《ルナ・ブラスター》】にゃ！》

オレンジ色の太い【太陽光線《ソル・ブラスター》】が、首が繋がりそうになっていたキマイラに当たり、銀色の太い【月光光線《ルナ・ブラスター》】も、同じように首が繋がりそうになっていた鵺《ぬえ》に当たる。


ドオォォォン!!


【ブラスター】が当たると同時に、魔物たちが爆発してあたりに爆風が広がった。

だけど従魔《じゅうま》たちが張った結界のおかげか、誰も吹き飛ばされることはなかった。

煙が綺麗にはけると、そこには光の粒子になり始めたキマイラと鵺《ぬえ》の姿が。

おー、やっぱりみんなは凄いなあ。一瞬で倒したよ。

その一部始終を見ていたみんなは唖然呆然とした顔をして、口をあんぐりと開けている。

「ロキ、エアハルトさんのところに行ってくれる?」

〈承知〉

「エアハルトさんっ!」

「リ、ン……」

咳をしながら青白い顔をし、口から血を流していたエアハルトさんに神酒《ソーマ》を飲ませる。

するとすぐに飲み下してくれて助かった。

「エアハルトさん……大丈夫ですか?」

「ふう……。ああ、助かった。ありがとな、リン。ロキもありがとう。そして従魔《じゅうま》たちも」

〈リンのためだからな〉

従魔《じゅうま》たちも集まってきて、心配そうにエアハルトさんを見ている。

凄い勢いで壁に激突していたから、内臓系の怪我や骨折が心配だったのだ。折れた肋骨が肺に刺さったなんてことになったら洒落《しゃれ》にならないからね。

「よ、よかった！」

「お、おい、リン！」

無事だとわかったら涙が出てきて、そのあとでギュッとエアハルトさんに抱きついた。

なんだか焦ったような声がしたけど、私が震えているのがわかってからは、エアハルトさんも抱きしめ返してくれて、背中を撫でてくれた。

昔なら、鎧があるから筋肉が堪能できないのが残念だ～なんて思ったかもしれないけれど、そんな気持ちとは違う、別のこの気持ちはきっと……

それを考えるのはダンジョンから出てからにしよう。今はそれどころじゃない。

しばらくそのままでいたけど落ち着いたし、なんだか恥ずかしくなってしまったのですぐに離れ、ロキと一緒にみんなのところに戻る。エアハルトさんもゆっくり立ち上がり、歩いている。

「……とんだ隠し玉だな」

「本当にね……」

ヨシキさんが代表で話しかけてくれたけど、みんなしてまだ顔を引きつらせている。

「だから使わせていないんです。神獣の意味がわかりますよね～。あのとき、王太子様に使われなくてよかったですね、グレイさん」

「そ、そうだね」

グレイさんに例の件を出すと、若干顔色を悪くしていた。

みなさん、キャッキャと無邪気に笑っているリョウくんを見習え〜！

そうは思うものの、こればかりは仕方がない。

あとでわかったことなんだけど、キマイラと鵺《ぬえ》の二匹が一緒だと、限りなくSSSランクに近いSSランクに相当するそうだ。どちらか一匹だけならSランクだけど、それが二匹もいたんだから、下手すると全滅していた可能性が高かったんだとか。

その話を聞いたとき、神獣である従魔《じゅうま》たちがいなかったらと思うとゾッとした。

その後全員でドロップを拾う。ドロップは複数出ていて、大剣と弓が二本ずつと長剣が三本ずつ、双剣と槍と斧が一本ずつ出た。

ドロップの法則だけがわからないんだよね〜。どうなっているんだろう？

分けるのはあとでと言うので、このまま先に行くのかと思いきや一旦手前の部屋に戻ることに。

なんとヨシキさんが、人数によるものなのか、それとも偶然なのか、調べたいと言い出したのだ。

なんていうんだっけ、こういう人たちって。剛毅《ごうき》だっけ？

みんな危なかったのに、またキマイラたちと戦いたいって……肝が据わってるよね。

そしてミントティーを飲んだりご飯を食べたりしながら一時間ほど休憩したあと、またボス部屋へと入る。今度もキマイラと鵺《ぬえ》が出るのかと思ったらそんなことはなく、オークキングとオーククイーンが出た。お供はジェネラルオークが十体で、ある意味拍子抜けした。

キマイラたちに比べたら弱いけど、それでもSランクの魔物だ。みんな真剣に戦ったけどキマイラたちほど苦戦することはなく、呆気なく戦闘が終わった。

ドロップは大量のお肉と魔石、革製の防具一式がふたつだった。

今度こそ階下に行くのかと思ったら誰かがもう一回確かめたいとか言いやがりまして、そのまま休憩なしでボス部屋に入ったんだけど、出てきたボスはオークキングとオーククイーン、お供にジェネラルオークが十体だった。

「……もしかして、マジでスタンピード直前だったのか？」

「かもしれんな。これより下に行くのが怖い」

ドロップを拾いながらリーダー二人が話している。

それは他のみなさんも同じで、うんざりしたような顔をしていた。

「スタンピード手前だと、なにが問題なんですか？」

「八階がモンスターハウスになっている可能性があるんだ」

「うわぁ……」

モンスターハウスとは、部屋中が魔物だらけの部屋だそうだ。スタンピード直前のダンジョンだとよくある光景で、魔物がぎゅうぎゅう詰めになると部屋から階段などに溢れ出し、いずれダンジョンの外に出てくる。

だからこそ、統率するボスをできるだけ早く倒すことが重要なんだって。

そうじゃないと国や町などが滅びてしまうんだとか。

怖っ！

〈モンスターハウスだったら我らも手伝うぞ？〉

〈半分以上減らすにゃー〉

「ありがとう。その場合は頼ることになるが、いいか？」

〈もちろんだ〉

エアハルトさんの言葉に、従魔《じゅうま》たちが頷いてくれる。従魔《じゅうま》たちもスタンピードの怖さを知っているんだろう。だからこそ、魔物たちと戦闘をすることにも躊躇《ためら》いがない。

本当に凄いです、私の従魔《じゅうま》たちは。自慢ですよ！

で、もしモンスターハウスだった場合、一度殲滅《せんめつ》してしまうと半日はモンスターがリポップしないし、二度とハウスになることはないんだって。なるとしても、ずっと討伐されずに何年、何十年もたった場合だけだとか。

なので、その間にボスを何度も倒したりするんだそうだ。


「よし、慎重に行こう」

「おう！」と全員で返事をしたあと、ボス部屋を出て階段付近で武器や防具、ポーションの点検をし、慎重に下りていく。

その途中で魔物がひしめき合っているのが見えて、全員で「うへぇ……」って声が出てしまった。

「頼む」

〈〈〈〈わかったにゃー〉〉〉〉

まずはレンとユキが【太陽光線《ソル・ブラスター》】を放って真ん中を空けると、すぐにシマとソラが前に出て【月光光線《ルナ・ブラスター》】を放つ。そこに従魔《じゅうま》たちが結界を張りながら全員出て、広範囲に魔法を放った。

続いておまけとばかりにロキが第八階層全体に【星魔法】の【流星群《ミーティア》】を放つと、魔物たちはどんどん光の粒子となってドロップアイテムに代わっていく。綺麗な光景だけど……残った魔物はほんのちょっとだけだ。いっぱいいた魔物がまばらになったんだから凄い。

「ドロップはどうするんですか？　遠くにあるのは拾えないですよね」

「そこは諦めるしかないな。取りに行っている間に消えてしまうから」

「お掃除魔法で集められないですかね？」

ふざけてお掃除で使うゴミ集めの魔法を、ゴミの部分をドロップに変えて唱えてみた。

「……マジか！」

「「「「「「「ええ～⁉」」」」」」」

すると、冗談だったのに本当にドロップが集まってきてしまった！

そのことに全員で唖然とするけど、このままボーっとしていたらそれも消えてしまうので、さっさと集める。一度マジックバッグなどにしまうと消えちゃうなんてことはないから。

仕分けはセーフティーエリアを見つけてからということになったので、全部集めたあとは先日のように二手に分かれてエリアを探すことに。

そこから二時間かけて探索した結果、ふたつのセーフティーエリアと下に行く階段を発見した。

今日は上階に行く階段に近いほうで寝泊りし、翌日は下に向かう階段付近で探索することに。

ご飯を食べたあとは野営の準備をして、交代で眠った。

翌日はみんなでふたつ目のセーフティーエリアを目指しつつ、薬草を採取する。

第八階層はたまに岩が転がっているくらいで草原しかないから見晴らしがよく、魔物が近づいてくるとすぐにわかる。

しかも、ここも薬草天国だ。もしかしたらボス戦が過酷だから、ポーションがなくなることを想定しているのかもしれない。

この階層まで薬師や医師が来ることはないだろうから、手元のポーションや、上の階層で採取した薬草を使ってしまった場合に備えているんだろうと父が言っている。似たようなダンジョンがドラール国にもあるんだって。

「上級冒険者ともなると、生のまま使える薬草を知っている奴が多いからな。そのための場合もあるが……今回の薬草はなんだ？」

「上にあったのと変わらないですよ？」

「そうか。なら、やはり怪我をしたときのためのものなんだろう」

「そうかもしれませんわね」

周りに魔物がいないこともあり、みんなで採取をしては移動している従魔《じゅうま》たちも警戒しつつ遠くに行って倒したりしているようで、ときどきドロップを持って帰ってきていた。

ちなみに、出てくる魔物は第一階層にいた魔物とほぼ同じだった。ただし、レインボーロック鳥がレッドロック鳥だったり、ビッグシープがブラックバイソンに代わっていたり。

そんなこんなでお昼近くまで採取したり戦闘したりしているうちにふたつ目のセーフティーエリアに着いた。

そこでお昼を食べて休憩したあと、一応階段を下りてみて第九階層を確認しようと話していたんだけど……

確認したところ、第九階層もモンスターハウスになっていて、殲滅《せんめつ》しておかないとヤバイということに。

階段下付近に全員下りたあと従魔《じゅうま》たちに結界を張ってもらい、目の前にいる魔物を全員で攻撃する。従魔《じゅうま》たちだけに戦わせてしまうと、私たちのレベルが上がらないからね～。

全員で魔法攻撃した結果、魔物たちは殲滅《せんめつ》し、全員レベルが上がった。凄いね……どれだけの魔物がひしめき合っていたんだろう？

これだとスタンピードが心配だからと、このまま第九階層の探索をしつつセーフティーエリアを探すことに。まあ、ひとつ目のセーフティーエリアはすぐに見つかったんだけどね。

ただ、問題は第十階層への階段があるかどうかと、ふたつ目のセーフティーエリアがあるかどうかだ。今日は私がロキに跨《また》がり、彼らの魔力探知能力を使って探すことにする。ボス部屋を見つけたのも従魔《じゅうま》たちだもんね。それに、従魔《じゅうま》たちならどこから来たのか覚えてくれているから、私だけが迷子になるという心配もないし。

そんなわけで夕飯の時間になるまで探した結果、ふたつ目のセーフティーエリアと下に行く階段を見つけた。一応階段の下になにがあるのか様子を見に行ったら、ボス部屋だった。

すぐに戻ってみんなに伝えると、全員に驚かれた。

ご飯もできているからと、食べながら話をする。

「こんな短いスパンでボス部屋ができるなんてことがあるか？」

「もしかして、もともと下にボス部屋があって、スタンピード直前だったから七階にもボス部屋ができたんじゃないか？」

「そうだとするのであれば、八階と九階がモンスターハウスだったのも頷けます」

リーダー二人の言葉に、経験豊富なアレクさんが頷いている。

以前別のところにあった初級ダンジョンも同じ状況で、複数のボス部屋に遭遇したことがあるんだって。まだ成長段階のダンジョンではよくあることらしい。

「このダンジョンもまだこれからも成長する可能性があるってことかい？　アレク」

「ボスを倒してしまえば、しばらく成長することはございませんよ、グレイ様。まあ、そこから下にもボス部屋があると、どうなるかわかりませんが」

「そうか……。どうする？　探索時間はあと五日だ。ぎりぎりで六日だよね？」

「そうだな。初見でボスを倒せるか……って、倒せるな……」

「リンの従魔《じゅうま》たちが手伝ってくれればな」

そんな言葉とともにグレイさんとアレクさんが私のほうを見ると……

ご飯を食べ終わり、毛繕《けづくろ》いをしたり私の肩にのってうとうとしたりしているスミレやラズがいた。魔物が周りにいないからこその、まったりムードって感じだ。

その暢気《のんき》な姿に、みなさんもどこかホッとした顔をしている。

戦闘中は苛烈《かれつ》だからね～、従魔《じゅうま》たちは。

〈全員がひと当てしたあとで我らが攻撃すればいいのではないか?〉

〈そうじゃにゃいと全員が倒した証にならないにゃ〉

ロキとレンの言葉に、「確かに!」と全員で頷く。もし第十階層で最後だったならば、全員が最低でもひと当てしないと、ダンジョンを攻略したとギルドタグに記載されないのだ。

それは初級だろうと上級だろうと変わらない仕様で、どこのダンジョンに行っても同じだという。

滅多にダンジョンに来ないから、こういう話はとても新鮮だ。従魔《じゅうま》たちも思いっきり戦って採取してと自由に動いているからなのか、普段以上にはしゃいでいる。

私は従魔《じゅうま》たちが楽しければそれでいいし、いっぱい採取できてほくほくだから嬉しいよ!

今日はこのままここで一泊して、明日ふたつ目のセーフティーエリアに移動。そこで休憩したあと、そのままボスを攻略することになった。

ボス戦のときに、エアハルトさんみたいに誰かが大怪我をしたらと思うと怖くなり、神酒《ソーマ》を百本近く作った。〈作りすぎ!〉って従魔《じゅうま》たちに言われたけど、使わなかったら店に出せばいいだけだ。

さて……どんなボスが出るのかな？

厄介じゃなければいいなあ……と思いつつ、従魔《じゅうま》たちと眠ったのだった。

翌朝。今日は朝からボス戦です。

第七階層のボス部屋と同じなのか、それとも違うのか。場合によっては第七階層と同じようにボス戦の検証をするって言っている。

複数の職業と冒険者が多数いるチームだもんね、『フライハイト』も『アーミーズ』も。

いろいろと検証できるのが楽しいみたい。

そういうところは男の人って感じだよね。まあ、女性もいるけどさ。

だけど、もしも私たちが負けた場合のために、リーダー二人が冒険者ギルドに連絡をしたそうだ。

まあ、従魔《じゅうま》たちがいる以上それはないんだけど、万が一の可能性はあるし、イレギュラーなふたつ目のボス部屋だからそういった兆候があるという報告も兼ねているんだとか。ちなみに帰還したらギルドに行って、これまでのことを全部報告するんだそうだ。

「「準備はいいな？」」

エアハルトさんとヨシキさんの言葉に、全員で頷く。

なにが出るかわからないけど、いろんなパターンを想定して準備をした。

まずは全員魔法で攻撃して、従魔《じゅうま》たちが殲滅《せんめつ》するのだ。

とりあえず、第七階層のボスのようにキマイラや鵺《ぬえ》が出た場合を想定している。

それ以上となるとドラゴンや天狼、ケルベロスとかになるそうだけど……なにが出るんだろう？　ちょっとドキドキする。

円陣を組んで気合いを入れると、ボス部屋の扉を開ける。

全員中に入ると扉が閉まり、奥の扉が開いた。出てきたのは骨だらけの魔物が二体。お供は白と赤の骸骨。

「ドラゴン……」

「ゾンビ……」

「スケルトン……」

「スパルトイ……」

ズシン、ズシンと大きな音を立てて歩く骨の魔物――ドラゴンゾンビ。二体だと限りなくSSSランクに近い、SSランクの魔物。その歩みはかなりゆっくりだ。

そこにスケルトンが五体と赤い骸骨のスパルトイが五体加わって、かなり怖い絵面になっている。

絶句しているみなさんをよそに、従魔《じゅうま》たちは落ち着いている。

だから、私も少しだけ余裕ができた。

ドラゴンゾンビや骸骨系の魔物って、確か回復系の魔法やポーションがきくよね？

なんて、私は別のことを考えていた。

隣にいたヨシキさんに小さな声で話しかける。

「ヨシキさん。ドラゴンゾンビやスケルトンって、ゲームだと回復系の魔法とかポーションがききましたよね？　この世界も同じですか？」

「……っ!!　あ、ああ！　そうか、その手があったか！」

私の話を真剣に聞いてくれたヨシキさんは、私の言葉を聞き、ハッとして頷く。

そこからは行動が早かった。

みんなに神酒《ソーマ》を配るように言われたので、全員に配る。もちろん、従魔《じゅうま》たちにも二本ずつ配った。

まだまだ予備があるからね？　いつでも言ってくれるといいよ～。

今回の作戦は至って簡単。

スケルトンとスパルトイを牽制しつつ、ドラゴンゾンビに神酒《ソーマ》を二本と、ハイパーポーションを二本ずつ投げる。そのあとのドラゴンゾンビの様子を見て、【回復魔法】が使える人は魔法を、そうじゃない人はポーションを投げる。

ただし、上限は五本まで。全部使ったら、なにかあったときに対処できないからだ。

まあ、材料はあるから、もし手元のぶんを使い切ってもまた作るけどね。

それでも倒れなかったら従魔《じゅうま》たちの魔法で殲滅《せんめつ》することになった。

「「よし、やるぞ！」」

全員で気合いを入れたあとは散らばり、前回と同じようにふたつに分かれて一体ずつ対処する。

従魔《じゅうま》を含めた全員で神酒《ソーマ》を投げると、苦しがって暴れるドラゴンゾンビたち。

その隙にラズがスケルトンとスパルトイに【エリアヒール】を放つと、呆気なく光の粒子となってドロップを落とした。

あとはドラゴンゾンビを倒すだけだ。

「おお、きいているぞ！　もう一度だ！」

やっぱりゾンビや骸骨系に【回復魔法】はきくんだ……と思いつつ、私ももう一度神酒《ソーマ》を投げる。もちろんみんなも。

そこからは簡単というか呆気なかった。

ハイパーポーションを二本投げつけたあと私は【ヒールウィンド】を放ち、ラズは【エリアヒール】を放つ。

それぞれの属性魔法には、必ずといっていいほど回復系の魔法が存在する。ハイパーポーションを使うのが勿体ないと考えているのか、みなさんはそれを使って攻撃しているようだ。

あとはMPに気を使いつつ【回復魔法】を放ち、私はハイパーMPポーションをみなさんに渡すだけになった。

五分もすると二体のドラゴンゾンビは光の粒子となり、ドロップを落とす。

そしてみなさんの前には宝箱が出現した。

宝箱からはそれぞれ得意な武器と防具のセットが現れた。私は大鎌と服のセット、従《じゅう》魔《ま》たち用なのか首輪とリボンが一緒に入っている。首輪やリボンにはそれぞれ従魔《じゅうま》たちの名前が書かれていた。どれも深緑というよりも、ヨシキさんたちが着ているような迷彩柄だ。

ちなみに、この世界に迷彩柄はない。ライゾウさんやヨシキさんたちは自分たちで染めて作ったと聞いた。だから、迷彩柄の服を持っているのは、『アーミーズ』だけなのだ。

まさか……これ、アントス様やスサノオ様が用意したんじゃなかろうか。大鎌なんてスサノオ様と一緒に訓練しているときに、スサノオ様が使っていたのとそっくりなんだけど！

しかも、首輪とリボンに従魔《じゅうま》たちの名前が書かれているなんて、どう考えてもおかしいでしょ！

みんなに見られた場合、どうやって言い訳すればいいんだ～！　と頭を悩ませつつ、奥の扉を覗いた。奥にはまた宝箱があり、その他に帰還の魔法陣があるだけだった。

宝箱の中身は大金貨がたくさん詰まっていたから、それはあとで全員で分けることに。

というか、大金貨がぎっしりって、ある意味凄い。というか、怖い。

「これで終わりか……。もっと下まで続いていると考えられていたから、驚きだな」

「やはり成長途中のダンジョンでしたのでしょう。先ほどのドラゴンゾンビがダンジョンマスターだったようですし、しばらくは成長が止まると考えられますね」

「ダンジョンコアを発見できればこれ以上成長することはないが、それはいずれだな。スタンピードが起きないだけで、こっちはありがたい」

「そうだね」

ダンジョンコアを探してもいいけど、時間がないことから今回は諦めた。一回ダンジョンマスターを倒しておくと、コアが次のダンジョンマスターを作り上げるのに数年かかるからだそうだ。なので、今回は見送ることに。

ちなみに、ダンジョンコアとは、人間でいう心臓や頭脳のこと。これを破壊されるとダンジョンの機能が停止して、ダンジョンはそれ以上深くならないし、魔物が増えすぎることもなくなるそうだ。

そして、ダンジョンマスターは、コアを護る守護者だという。略してダンマスというんだって。

ダンマスが倒されると、コアがある部屋に行くことができるようになる。ただし、隠し部屋になっていることが多く、探すのも一苦労らしい。

そんなダンジョンの機能はともかく。

どこかホッとしたような空気が流れるけど、いつまでもここにいるわけにはいかない。ボス戦の検証があるからと一旦戻って休憩する。そのとき、またドラゴンゾンビが出てもいいように神酒《ソーマ》を再びみんなに二本ずつ配ったら、全員に呆れられた。

なんでよ！

「神酒《ソーマ》がこんなにあるなんて、規格外すぎるだろ！」

「そうですか？　最近まったく売れていないから、ある意味不良在庫なんですよね、今配った神酒《ソーマ》って。まあ、念のため作ったぶんもありますけど」

「そういう問題じゃない！」

声を揃えて全員に言われたけど、売れない神酒《ソーマ》を持っていたって、腐らせるだけじゃん。そっちのほうが勿体ないよ。

まあ【無限収納《インベントリ》】があるから関係ないんだけどね。

結果的には使わなかったんだからいいじゃないか～！

さっそくボス戦の検証をしたところ、やっぱりスタンピード前の状態だったようで、ボスはジェネラルオーガとハイオーガ、オーガが十体出た。ちょっと苦戦したけど、キマイラや鵺《ぬえ》のように回復しないだけマシで、最後はロックが扱う【大地魔法】の【ボルケーノ】とスミレが扱う【闇魔法】の【ダークランス】で光の粒子となり、ドロップを落とした。

もう一度休憩してボスと戦ったけど、出た敵は同じだった。

なのでお昼休憩を挟んでまた職業や人数を変えて夕方まで検証し、第八階層と第九階層でマップを作ってから帰ることに。

その日の晩ご飯は、キングボアとクイーンボアのお肉を使ったステーキや串焼き、牡《ぼ》丹鍋《たんなべ》になった。本当に美味しかったよ～、キングとクイーンボアのお肉は！

かなり大きいお肉の塊だったしみなさんにも味わってもらいたいからと、残ったぶんは全員で分けた。そのときに、今まで倒してきた魔物の素材やドロップを個人とパーティーに分け、さらにそこからパーティーごとに話し合って、なにを売るのか決めたりした。

あと、レアドロップも分けたよ！　個人の宝箱の中身も、欲しいものがあったら交換している人もいた。私は特になかったから必要ないものはあげて、従魔《じゅうま》たちに守護の腕輪や首輪、リボンをつけてあげると、みんなお揃いだととても喜んでいた。


翌日からはボス戦をこなしつつ、採取をしたりマップを埋めたりしていたんだけど、予定よりも二日早く帰還しようということになった。

まあ、みなさん連日強力なボスと戦って疲れたみたい。私も疲れたよ……

突然帰還陣があるところに現れた私たちを見て、第一階層にいた人たちは驚いていたけど、なにか聞かれる前にさっさとダンジョンから出る。

そして預けていた馬車や馬たちを引き取ってから王都に帰還、そのまま冒険者ギルドに行った。

今回はスタンピード直前だったこともあって、ギルドマスターに詳しく報告するんだって。

それから、今まで検証してきた結果や魔物の種類、薬草や地図などの情報を売るんだとか。

報告と交渉はリーダーであるエアハルトさんとヨシキさんがしてくれるというので、私たちはカウンターでタグの更新と依頼達成の報告をする。

職員はダンジョン踏破《とうは》などの情報は一切漏らしてはいけないそうなので、更新されたタグ情報を見て驚いた顔をしただけで、それ以上なにか言われることはなかった。

ちなみにダンジョン内の情報は、ギルド内の話し合いを経て、小出しにするか一気に出すかの判断がされるんだって。

冒険者はその情報を見て、なにが欲しいとか次に潜る目標とかそういうのを立てるらしい。

リーダー二人が帰ってくるまでの間、パーティーごとにいらない素材や魔石を全部売ることになった。『フライハイト』からはグレイさんが代表として行ったんだけど、そのときにボス素材や魔石の大きさなどに驚かれて、結局『フライハイト』のメンバー全員が個室に呼ばれました。そこで買取や金額の交渉をしたよ。

さすがにボス魔石が——キマイラとドラゴンゾンビを含めた魔石の値段が高すぎて職員が渋ったけど、そこは王族のグレイさん。それなら魔石を売らないと席を立ち、慌てた職員としっかり交渉して正規以上の金額を払わせていたのはさすがだと思った。

滅多にない大きさの魔石だからね～。特に、ドラゴンゾンビの魔石は人の頭以上の大きさだったんだから、ギルド側としてもどうしても欲しかったみたい。

ライゾウさんたちも同じように呼ばれたらしく、グレイさんと同じ対応をしたというんだから笑ってしまった。

そんなこんなでエアハルトさんとヨシキさんが戻ってきたので、一旦拠点に帰る。

夜に『アーミーズ』の拠点で打ち上げをすることになっているから、それまで休憩するのだ。

「グレイ、交渉はどうだった？」

「バッチリさ。かなりの額になったけど、どうする？」

「四分の三を頭分けにして、従魔《じゅうま》たちが大活躍だったから端数をリンに上乗せ。残りは『フライハイト』の活動資金でいいんじゃないかと考えたんだが、どうだ？」

「僕はそれでいいよ」

「わたくしもですわ」

「僕もそれで構いませんよ」

そんなみんなの言葉に驚く。

「え……いいんですか？　私のぶんはまるまる従魔《じゅうま》たちのぶんでも構わないですよ？」

「なにを言っている。リンの指示がなければ従魔《じゅうま》たちは動かなかったし、俺たちは全員死んでいたんだぞ？」

「そうだよ。ボス戦で一番活躍したじゃないか」

「それだって従魔《じゅうま》たちのおかげじゃないですか」

「違いますわ、リン。リンがいたからこそですのよ？」

「そうでございますよ」

みんなにそう言われたけど、そうかなあ？　従魔《じゅうま》たちのおかげだよね、と思う。

ダンジョンの中だったら、従魔《じゅうま》たちもみんなの話を聞いてくれると思うし。

そう言ったんだけど、全員に「違う」と言われてしまった。

ある程度話を聞いてくれるとしても、やはり主人が一番の従魔《じゅうま》たち。だからこそ、もしあの場でエアハルトさんやヨシキさん、グレイさんがなにか指示したとしても、あそこまでの攻撃力を示してくれたかどうかわからないという。

私になにかあった場合は別だけど、そうでなければ、あそこまで強力な魔法は使わなかっただろうと言われた。実際、従魔《じゅうま》たちもそこまでの攻撃はしなかったと言っている。

「リンがいたから、そして従魔《じゅうま》たちがいたからこそ、俺たちは助かった。ありがとう」

全員にありがとうと言われて照れる。お役に立てたならよかった！

その後、お金を分けて休憩したあと、一旦自宅に戻るために席を立つ。そしてララさんとルルさんのところに行き、ココッコたちのお礼を言った。

「ありがとうございました！　ココッコたちは騒ぎませんでしたか？」

「とてもいい子にしておりましたわ」

「ええ。ときどき心配そうにしておりましたけれど、ずっといい子でしたわね」

「そうですか……。ありがとうございました」

二人にお礼を言って、自宅に帰る。

庭に入るとすぐにわかったのか、ココッコたちがわらわらと寄ってきた。

「こっ、ここっ！　こけっ？」

〈おかえり！　怪我はない？　って聞いてる〉

「ただいま、みんな。うん、大丈夫だよ。お留守番してくれてありがとう。あとでいっぱい遊ぼうね！」

「こけーっ！」

代わる代わる私に擦り寄ってくるココッコたちを一羽ずつ撫で回し、休憩しようと家の中へと行く。よほど寂しかったのか、ココッコたちが私のあとをずっとついてきた。

くぅ～！　可愛い！

お茶を飲んでまったりしたり、掃除をしたり洗濯したりしているうちに時間になったので拠点に行く。

そしてみんなでバーベキューをしながら、ダンジョン攻略の反省点やまた一緒に潜りたいと話をしていた。

大変な思いもしたけど、レベルも上がったし、とても楽しいダンジョン攻略でした！

第四章　自覚した気持ちと招待

バーベキューも終わり、家に帰ってきた。ココッコたちは私と離れたくないようで、いつもなら寝ている時間なのにまだ起きて扉近くに固まっていた。

「今日は一緒に寝る？」

「こけーっ！」

たぶんそうなんだろうなあ……と思って聞いたら一斉に返事をしたので、小屋から出した。すぐに出てきて私に擦り寄ってきたので全部もふってから自宅の中へと入る。

ココッコたちの寝床となる籠は一階の角に置いてあったので、それを持って二階に上ると、ラズが扉を閉めてくれた。

「ありがとう、ラズ」

〈どういたしまして〉

ひょいっと触手を出して返事をするラズ。可愛いので撫で回しておく。

階段のところにある柵を下ろしてココッコたちや従魔《じゅうま》たちが落ちないようにすると、

彼らは久しぶりに家の中に来たからなのか、あちこち探索し始めた。

「悪戯はダメだよ？　あと、トイレは籠の中でね。ご飯はダイニングと寝室の角に用意するから、ちょっと待ってね」

「こけっ」

不思議なことに、ココッコたちは私や従魔《じゅうま》たちの言葉がわかるらしく、こうやって教えておくと、その通りにしてくれるから助かる。本当に賢い子たちだ。

従魔《じゅうま》たちもココッコたちに会えなくて寂しかったのか、小さくなって遊び始める。それをほっこりしながら見つつ、ダイニングにココッコたち用のご飯とお水、従魔《じゅうま》たち用のお水も用意しておく。

たまに夜中に起きて水を飲んでいるときがあるみたいだから、いつも用意しているのだ。

「ちょっと寒いかな？　寝室のところだけでも火を熾《おこ》しておこう」

〈暖炉に火を熾《おこ》すにゃ？　ユキがやりたいにゃ〉

「お願いしてもいい？　薪を持っていく？」

〈みんにゃにお願いするにゃ〉

「じゃあお願いね」

ユキが手伝ってくれるというのでお願いした。薪は自分で咥えていくか、みんなで運ぶんだろう。従魔《じゅうま》たちはたまにこういうことをしてくれるから助かる。

みんなのご飯やお水を用意したあとは、明後日の開店用に少しポーションを作っておく。

明日からの二日間のお休みの間は、できるだけたくさん従魔《じゅうま》たちやココッコたちと一緒にいてあげたいからね。さっさと作りますとも。

どれくらい必要かわからないけど、リュックの中にもポーションの在庫があるのでそれほど心配はしていない。念のため神酒《ソーマ》も三十本作っておいた。それ以外は二百本ずつ作ったよ。

明後日も同じくらい作ればなんとかなるかな？

そんなこんなで翌日は従魔《じゅうま》たちやココッコたちと遊びまくった。もちろん、庭の薬草の世話をしながらね。そして最後の休みも、午前中はココッコたちや従魔《じゅうま》たちと遊ぶ。

それで満足したのか、お昼を食べたあとは私の側から離れ、庭で従魔《じゅうま》たちと戯れているココッコたち。

それを見てほっこりする。癒される〜！

で、それとは別に、目の前にあるダンジョンの宝箱から出た服と大鎌の説明に頭を悩ませているのです。服はまだいいんだよ、神話《アーティファクト》だから。

まあ、神話《アーティファクト》でも充分問題だけど、私の固定《バインド》になっているから誰かに盗まれることもない。

……まあ、迷彩柄なところは、ちょっとアレだけどね。

一番の問題は大鎌だった。

色はまったく問題ないんだよね。どういえばいいのかな……夏の木々の色っていえばいいのかな？　とても綺麗な深緑色で、持つところは綺麗な装飾が施されているのだ。

それはいいけど、その内容がね……

【神々の運命《ラグナレク》】　外神話《オーパーツ》　※名前以外はすべて隠蔽

異世界の神が戦闘に使っている大鎌

外神話《オーパーツ》故にこれ以上成長しない

優衣が装備した場合に限り、ボーナスあり

それ以外は重たくて持ち上げることができず、装備できない

優衣が装備した場合：攻撃力＋∞　防御力＋∞

固定《バインド》指定：優衣

外神話《オーパーツ》ってなにさ！　初めて見るんだけど！

しかも、大鎌の名前以外は隠蔽って書いてあるし、固定指定《バインド》が思いっきり私の本名になってるじゃないかーーー!!

そして攻撃力と防御力！　これは絶対にあかんやつじゃないかーーー!!

誰よ、これを用意したのは！

どう考えたって、アントス様かアマテラス様、スサノオ様のやらかしとしか思えないよ、これ……

「うーん……。これは教会に行って説明してもらわないとダメかも……」

なんてことをしやがるんだ！　と憤りつつ、ラグナレクを斜め掛けのマジックバッグにしまって、庭にいる従魔《じゅうま》たちに声をかける。

「ちょっと教会に行ってくるけど、みんなはどうする？」

〈では、我が行こう〉

〈レンも行くにゃー〉

〈スミレモ〉

「ありがとう。他のみんなは？」

〈〈〈〈ココッコたちと遊んでる！〉〉〉〉

「わかった。じゃあ、お留守番を頼むね」

ロキとレン、スミレ以外は家にいるというので留守番を頼み、三匹と一緒に教会に行く。

いつもの神官さんがいたので挨拶をしてから中に入って祈ると、いつものようにアントス様とアマテラス様、ツクヨミ様と、なぜか正座してツクヨミ様に怒られているスサノオ様がいらっしゃった。

「「いらっしゃい、優衣」」

「こんにちは、リン」

「こんにちは、アマテラス様、ツクヨミ様、アントス様。ところで、スサノオ様はどうして正座して怒られているんですか？」

「ダンジョンで出た大鎌の件でと言えば、わかるだろう？」

「あ～……やっぱりそうなんですね、これ」

マジックバッグからラグナレクを出し、神様たちに見せる。

今回はスサノオ様がやらかしたのか～！

内心で溜息をついているとアントス様に座るよう促されたので、席に着く。

おお、コーヒーだ！　砂糖を少しとミルクたっぷり入れてもらいました！

で、この際だからといろいろ聞いてみることにした。最初はこの外神話《オーパーツ》について。

「この外神話《オーパーツ》ってなんですか？」

「言わば、僕以外の神が授けたものだね。ゼーバルシュ世界の人には作れない技術で作られたもの、という感じかな」

「そうなんですね。ってことは、スマホも外神話《オーパーツ》になるってことですか？」

「そうです」

うわ〜……スマホと同じレベルなんて本当にヤバイ代物なんだね、この大鎌って。だから内容が隠蔽されているのか。そう聞くと、神様たちが頷く。

次はダンジョンのことかな？

「あと、あの特別ダンジョンはスタンピード直前だったんですか？　だから、魔物たちがあんなに強かったんですか？」

「そうです。あと三ヶ月遅ければ、スタンピードになっていました」

「うわぁ……グッドタイミングというか、バッドタイミングというか」

「僕としてはグッドタイミングでしたよ。だからこそ最初に攻略した人にはいいものを宝箱に入れようと考えていたのですが、まさか僕よりも先にスサノオ様が仕出かしているとは思いませんでした……」

困ったように眉尻を下げ、溜息をつくアントス様。今回のやらかしもアントス様だと思っていたけど……疑ってしまって、すみません。

「もしかして、一緒に潜った人の武器や防具もこの大鎌のような説明なんですか？」

「それはないですよ。神話《アーティファクト》ではありますが、過去に鍛冶《かじ》師が一度は作ったものばかりです。リンのものだけが規格外で特別なんです」

「まさかですけど、このラグナレクはここで訓練していたときにスサノオ様が使っていたやつですか？」

「そうだぜ！　俺が使ってる大鎌と同じものを用意してもらった。もちろん、優衣のは新品だぜ！　俺とお揃いだ！　だからまた一緒に戦闘訓練をしよう！」

「「そういうことじゃないでしょう！」」

「いたっ！」

怒られているというのに、私とアントス様の会話に割り込んできたスサノオ様。

それを聞いて、アマテラス様とツクヨミ様が、ペシッ！　とスサノオ様の頭を叩《はた》いていた。

脳筋《のうきん》みたいなことを言わないでくださいよ、スサノオ様～。

全員で呆れたようにスサノオ様を見たけど、どこ吹く風な様子で笑っている。

そんなスサノオ様を見てアマテラス様とツクヨミ様は、なにを言っても無駄だと思ったのか、怒ることをやめてしまった。

その後、四柱の神様と三匹でお茶会をしつつ、大鎌のことを聞く。

「それで、この大鎌なんですけど、名前以外はすべて隠蔽となっていますよね。これって、ラグナレクという名前以外、他の人には説明が見えないってことですか？」

「そうですよ。さすがに異世界の神という説明文やリンの本名が見られるのはまずいでしょう？　だからこそ僕が隠蔽しました。神が隠蔽しましたから、どんな鍛冶《かじ》師だろうと――たとえ転生者のライゾウさんであろうと、説明は見えません」

「そうなんですね。ただ、お手入れはどうしたらいいですか？」

「手入れはしなくていいから問題ないぜ。自己修復能力があるからな。それに魔力を少し流してやれば切れ味が増して攻撃力も防御力も無限大になる」

「「「それだって問題です！」」」

おうふ……攻撃力が無限大になるって……。どこかのアニメにあったキレると金髪になったり、尻尾が生えていて満月を見ると大猿になる人じゃあるまいし……

ま、まあ、お手入れをしなくていいなら、アズラエルが成長するまで封印かなあ、これ。

「あ、そういえば。アズラエルとラグナレクって合成できるんですか？」

「できねぇよ。アズラエルが成長しきったところで、神話《アーティファクト》のままだしな。人が作ったものと神が作ったものだ。そもそもの材料が違うんだから、合成はできねぇ」

「なるほど……。あと、従魔《じゅうま》たちの首輪やリボンなんですけど、どうして名前が入っていたんですか？」

「あれもオレが作らせた一品でな。それぞれの属性魔法の攻撃威力や防御が上がるようになっている。彼らは常に優衣を心配し、護りたいと願っていた。それを汲《く》んだ形だな」

まさか、首輪とリボンもスサノオ様が用意したものだとは思わなかった。確かに凄いものだとは思ったけど……。

〈当然だ。我らはリンに助けられ、リンの心意気に惚れたのだ〉

〈そんなリンを護るのは当然にゃ〉

〈リンニハイツモ、笑ッテイテホシイカラ〉

〈〈〈だからこそ、強くなれるようにと、神棚に祈っていた〉〉〉

「ええ、届いていたわ。とても強い願いだったわ。他者を殺す力ではなく、リンを護る力が欲しいという願いだった」

「だからこそ、オレは従魔《じゅうま》たちの首輪とリボン、そして優衣が着る服と大鎌を作らせた。すべてお揃いになるようにな」

ニヤリと笑ったスサノオ様に、アマテラス様もツクヨミ様も、アントス様ですらも呆れた顔をして溜息をついている。

いろいろと大変な結果になってしまったけど、私は従魔《じゅうま》たちの言葉が嬉しかった。

そんなつもりで助けたわけじゃないけど、常に一緒にいてくれる従魔《じゅうま》たちが愛しくて可愛くて仕方がない。

そんな私の気持ちを知ってか知らずか、三匹が擦り寄ってきたから、もふり倒した。

三柱の神様に羨ましそうな顔をされたけど、そこは神様だろうとブレない従魔《じゅうま》たち。

一切触らせませんでした！

「あと、リンのところのココッコたちなんだけれど……」

「ココッコたちがどうかしましたか？」

「どうも、従魔《じゅうま》の誰かが眷属《けんぞく》にしたみたいでね……みんな進化しそうなんだよね」

「は？」

そんな話は聞いていないんだけど⁉

ちらりとロキとレン、スミレを見たら、ロキとレンがそっぽを向いた。

「こらー！　私は従魔《じゅうま》にしないって言ったでしょ！」

〈だからこそ、我の眷属《けんぞく》にしたのだ〉

〈レンもにゃ。あと、シマもにゃ〉

「なにやってんの、もう！　帰ったらシマも叱らないと……！」

本当になにをやっているんだろう、従魔《じゅうま》たちは！

どうりでいつも以上にココッコたちが甘えて私にくっついても、従魔《じゅうま》たちがなにも言わないと思ったよ……

とりあえず、なにが必要か聞いておかないと。

「アントス様、眷属《けんぞく》になるとどうなるんですか？　名前をつけたりしないとダメですか？」

「従魔《じゅうま》たちの眷属《けんぞく》だから、リンがなにかする必要はないよ。名前も必要ない。なにかするとすれば、従魔《じゅうま》たちと同じように可愛がって、たまには森に連れていって戦闘させるくらいかな」

「うう……あの可愛いココッコたちが戦闘……。怪我しないか心配です……」

「そこは大丈夫だよ。自分の眷属《けんぞく》は従魔《じゅうま》たちが護るからね。そして強くなればリンを護ってくれるようになるし、進化すると変身できるようにもなるから」

まさかの変身ときました！　どんな進化をするんだろう……。嫌な予感がひしひしとするんだけど！

「進化先はわかりますか？」

「わかるけど、それは見てのお楽しみだね～」

「もう、アントス様ってばいっつもそんなことばかり言って……。わかりました。進化するまで、楽しみにしておきます」

「そうしてね」

機嫌よく返事をしたアントス様だけど、私は不安でしょうがない。

とんでもないことにならなければいいんだけどなあ……

今から悩んでも仕方ないかと溜息をついてコーヒーを飲んでいると、スサノオ様が突然立ち上がった。

「よし、優衣！　今から大鎌の訓練をするぞ！」

「ええ～……」

「そんな渋い顔すんなって。オレが使っているやつと同じなんだから、しっかり動きを制御しないと、誰かれ構わず傷つけることになるぞ？」

「うえっ⁉　そんな物騒《ぶっそう》なものを私に渡さないでくださいよ！」

「いいから、いいから。ほら、やるぞ！」

やるぞじゃなーーい！　って叫んだところで、他の神様たちもスサノオ様の意見に同意とのことで、さっさとやりなさいとばかりに促されてしまう。

「誰か、この脳筋《のうきん》をなんとかしてくださいよーーー!!」

「「頑張ってね、優衣」」

「終わったら帰して差し上げますから」

「そうじゃないですよ！」

「ほらほら、さっさと構えろって。次の動きはだな……」

大鎌を持たされて、スサノオ様の動きを真似する。

真似しないと手取り足取り教えてくるのだ、この脳筋《のうきん》スサノオ様は！

スサノオ様がこんなヤバイ武器を用意したのがいけないのに……と遠い目になりつつ、従魔《じゅうま》たちや『フライハイト』のみんなを傷つけないためにも、しっかりとラグナレクの修練をしたのだった。

後日。誰かれ構わず傷つけるのは嘘ということがわかり、従魔《じゅうま》たちとココッコたち全員で、スサノオ様をフルボッコにしたのは言うまでもない。

だけど、そのせいでココッコたちの進化が早まってしまうことになるとは、私も従魔《じゅうま》たちも、そしてココッコたちですらも考えていなかった。

今日はダンジョンから帰ってきて、久しぶりの開店です。

雨が降っているというのに並んでくれたよ、冒険者のみなさん。ありがたや～。

「いらっしゃいませ！」

「久しぶり！　そういや、リンちゃんが所属してるところともう一チームで、特別ダンジョンを攻略したんだってな！　おめでとう！」

「うえっ⁉　だだだ、誰に聞いたんですか？」

「冒険者ギルドに貼り出されてるぜ？」

「なんですとーーー⁉」

なんで冒険者ギルドでそんなのが貼り出されているんだろう？

情報だけって聞いたんだけど！

これはあとでエアハルトさんかヨシキさんに聞かないとなあ……。冒険者をしているわけじゃないし、滅多に冒険者ギルドに行かないから、仕組みがさっぱりわからないよ～。

で、そこからあれこれ聞かれたけど、私はポーションでの回復をしただけで、戦ったのは『フライハイト』と『アーミーズ』のメンバーだと言い張った。

「あ、そういえば、今日みたいな雨の日に、フロッグが出ましたよ」

「聞いた聞いた！　俺たちはまだそこまで行けるほどの力量はないから、素材を買わせてもらったぜ。それで作ってもらったんだよ、この外套《がいとう》を」

「おお、なるほど！　私も作ってもらおうと思っているんですけど、着心地はどうですか？」

「いいぞ～。付与《エンチャント》したからかもしれないが蒸れないし、雨はバッチリ弾くし。他にカサってやつをさして歩いている奴もいるな」

「おお、傘ですか。どんなものなんですか？」

知っているけど、冒険者のみなさんが話したそうにうずうずしているので聞いてみると、どこからその情報を仕入れてくるんだ！　ってくらいにいろんなことを教えてくれた。説明を聞いた限り、日本にあったものと遜色《そんしょく》ないみたい。

しかも、傘を売り出したのはライゾウさんだそうだ。

「へえ、そうなんですね！　お店はどこか知っていますか？」

「朝市が立つ通りのところだ。『アーミーズ』の拠点の一部を改装して、店舗にしたらしい」

「教えてくれてありがとうございます。今度行ってみますね」

「おう」

ハイパー系と万能薬やハイ系を買ったみなさんは、「またな！」と声をかけて店の外へと出ていった。カウンターから見た限りだけど、本当に雨粒を弾いている。

凄いなあ、フロッグの皮って。傘を作ってもらうのが楽しみ！

私は外套《がいとう》じゃなくて雨合羽《あまがっぱ》にしてもらおうかな。もちろん、従魔《じゅうま》たちのぶんも作りますとも。

そしてバタバタしているうちに午前中が過ぎ、お昼となったので一旦閉める。

「お〜、いつもよりも買い取りの薬草が多い！　これなら騎士団に納品するぶんも大丈夫かな」

「そうね」

今日も母が手伝ってくれたので、かなり助かっていた。

やっぱ従業員を雇わないとダメかなあって考えているんだけど、エアハルトさんやグレイさんどころか、両親やヨシキさんまでいい顔をしないのだ。

「子どもだと思われて、金額をちょろまかされるぞ」と父に言われたら、黙るしかない。

確かに私の身長が伸びたとはいえ、この世界基準からしたら小さいけども……！

くそう、とそのときは思ったけど、母が手伝ってくれるだけでもありがたいよね。

で、騎士団への納品だけど、私が納品するのは今回で最後になった。他の人たちがハイ系を作れるようになってきたことと、ハイパー系と万能薬を母が作れるようになったからだ。

騎士団に納品する場合、ポーションのランクは関係ないのだ。だから、母が納品することに。

それに、王太子様の件があって、しばらくずっと納品していなかったからね～。

在庫がなくなってしまって、団長さんとビルさん、ローマンさんの三人と、王様と宰相様、騎士団を統括しているという大臣様から手紙をいただき、「再びポーションを売ってほしい！」と懇願されたのだ。

知りません！　と突っぱねたんだけど、ハイパーがないと困るというので、薬師の職業レベルを上げるためにもってことで私が母を紹介し、そのまま引き継いでもらうことになった。

ただ、母はまだハイパーを失敗することも多いので、苦労しそうとぼやいている。

ちなみに、神酒《ソーマ》に関しては私が納品することになっている。私しか作れないから。

まあ、今のところ必要な状況になっていないようなので、そこは安心している。

それも懇願されちゃったからね……仕方がない。言わないと思うけど、「平民風情が！不敬罪だ！」って言われても困るし。なにかあれば、ビルさんかローマンさんが店に来ることになっているので、大丈夫だと思う。

それはともかく、母と二人で閉店作業をしていると、父が店に来た。父の診療所は目の前だからね〜。お昼休憩には、よく我が家に来てご飯を食べているのだ。

もちろんリョウくんもいるし、従魔《じゅうま》たちやココッコたちもいる。

ココッコたちは外を走り回れないのがつまらないのか、今日も家の中で小さくなった従魔《じゅうま》たちと走り回っていた。夜も一緒に寝ている。

というか、いつになったら小屋に戻るのかな？

雨が降っているせいもあるんだろうけど、二週間近くいなかったから、寂しいんだろうなあ。進化したらダンジョンに連れていこう！　ってロキとレン、シマが言いそうだ。

ライゾウさんのところで採寸してもらったら、あとはみんなで森に行く約束をしているので、そのときにココッコたちを連れていこうと思っている。

どうも従魔《じゅうま》たちが話したようで、楽しみにしてるみたいなんだよね、ココッコたちが。

なので、連れていかないと従魔《じゅうま》たちが勝手に連れていきそうで怖い。

そこはしっかり釘を刺しておくけどね。

お昼を食べたあと、三人で薬やポーションを作る。父は自分で薬草と道具を持ってきているのか作業台の隅で薬を、母はうんうん唸りながらハイパー系と万能薬を作っている。

もちろん私も補充しないといけないものや、騎士団用のポーションを作った。

といっても、あっという間にできたんだけどね。

それが終わると、ラズと一緒に庭に出て薬草の様子を確かめる。スミレもくっついてきて、害虫駆除をすると言っている。

「大丈夫そうかな」

〈うん。今のところ根腐れもないよ〉

「そっか。ありがとう、ラズ」

〈うん！〉

薬草《クラオト》の名前がついているだけあって、ラズは私以上に薬草の状態がわかるみたい。そこは非常に助かっている。

私とラズが薬草を見ている間に、スミレは庭を一周して害虫を駆除していた。そういえば、庭にスミレに似た小さな蜘蛛がいるのはなんでかな？　スミレの仲魔《なかま》かなと思うんだけど……そのうち紹介してくれるといいな。

お昼休みをそんなふうに過ごし、午後の開店時間になったので店を開ける。

今日はいつもよりも来客が多い。

ありがたいことだけど、母がいなかったらかなり忙しかったと思う。

みなさんあちこちのダンジョンに行ってきたからなのか買い取りも多いんだけど、それ以上にポーションを買っていく人が多いのだ。

「ママ、在庫がなくなりそうだから、ちょっと作ってきますね。一人で大丈夫ですか？」

「ラズがいるから大丈夫よ。ね、ラズ」

〈うん。任せて！〉

「じゃあ、お願いします。すぐに戻ってくるから」

お客さんが一瞬だけ途切れたところで、買い取った薬草を持って二階に上がり、一番売れているハイパー系と万能薬を作った。

そして出来上がったポーションを持って下に行くと、さっさと棚に補充する。

それを待っていたように群がる冒険者のみなさん。

「在庫はありますから！　慌てると瓶を落としますよ」

「お、おお、すまん」

「落としたら弁償ですからね～？」

「うえ～、それは困る！」

おちゃらけたように言うと、ノリノリでのってくれる冒険者のお兄さん。

周囲では笑いが起こって、つられて私も笑う。

それからまた別の棚にポーションを置き、ふと外を見ると雨足が強くなり始めていた。これからもっと強くなるのかなあ……なんて視線を通りに向けたら、エアハルトさんがいた。

隣には、大きな傘を差した、ドレス用のコートを着た女性が歩いている。黒に見紛うほど深い赤い色の髪の女性だ。とても綺麗に髪を結い上げている。

「……」

ずきん、と胸が痛くなる。

ダンジョンで自分の気持ちをなんとなく自覚してから、今までは知らん顔をしていたけど……

「やっぱ、これって、好きってことだよねぇ……」

小さく呟いたあと、ふと、ガラスに映った自分を見てみる。

童顔だし、この世界の住人からしたらお子様の身長。まあ、出るところはそれなりに出てるけど、服のせいなのかそこまではっきりとわからない。

そんな私と比べると、さっきエアハルトさんと一緒にいた女性はお似合いの身長だし、顔を見ただけだけど、肌も透き通るような白さだし……

私だって日に焼けているわけじゃないけど、あそこまで白くない。

身長なんかはこの世界の住人じゃないから仕方がないこととはいえ、やっぱり凹む。

「むー。もやもやする……」

かといって自分の気持ちを伝えるほどの行動力なんてない。

恋愛経験ゼロだから、こういうときってどうしたらいいのか、さっぱりわからないんだよね。

はあ……、と小さく溜息をつくと、仕事しなきゃと気持ちを切り替える。

ただ、もやもやが残って、なんとも言い難い気持ちだった。

そして、閉店間際に、エアハルトさんとその女性が顔を出した。

「リン、ポーションを買いに来たのと、紹介したい人を連れてきた」

「紹介したい人、ですか？」

まさか、恋人とか……と思ったら、ずーんと気持ちが沈んだ。

「ナディヤ、彼女がリンだ。リン、こっちの彼女が俺の従妹でナディヤだ。最近Aランクに上がった冒険者でもある」

「まあまあまあ！　あなたがリンでしたのね！　はじめまして。わたくしはエアハルト兄様の従妹で、ナディヤと申しますの。もうじき婚姻いたしますのよ。今後は夫と一緒にこちらに買いにまいりますわね」

おうふ、エアハルトさんの従妹さんでしたか！　言われてみれば、顔の輪郭がとても似ている。だけど、冒険者っていうのに驚いた！

「へ？　従妹⁉　あ、はじめまして。薬師のリンです。よろしくお願いします。手伝ってくれているのが養母のミユキ、ハウススライムは私の従魔《じゅうま》でラズ、その小さな猫も従《じゅう》魔《ま》でソラといいます」

「ふふ、ご丁寧に、ありがとうございます。従魔《じゅうま》がたくさんいると伺っておりましたけれど、本当ですのね！　わたくしも従魔《じゅうま》がいるので、兄様にお店を案内していただきましたの」

「そ、そうなんですね！　どんな従魔《じゅうま》なんですか？」

「もふもふな従魔《じゅうま》にしたいと思いまして、グレイハウンドにしましたの。まだ仔狼ですけれど、育て甲斐がありますわ！」

もふりすとがここにもいたよ！

キラキラした目でどんなグレイハウンドなのか語りだしたナディヤさん。微笑ましそうに見ていたエアハルトさんだけど、時間を見て慌てて止めた。

「ナディヤ、時間がなくなるぞ？」

「あっ、そうでしたわ！　リン、これからよろしくお願いしますわね。今度は従魔《じゅうま》を連れてきますから、そのときに語りあいたいですわ」

「いいですよ。そのときは拠点で話しませんか？　ここだと、どうしても時間が限られてしまうので」

「申し訳ありませんわ。そうでしたわね。そのときは兄様を通じて、予定をお知らせいたしますわね」

「はい」

ユーリアさんといいナディヤさんといい、お嬢様が冒険者になるってある意味凄い。

旦那さんになる人はどんな人かな？　今度紹介してくれるというので、楽しみにしておくことにした。

楽しそうにポーションを選び、結局ハイパー系と万能薬、神酒《ソーマ》を限界まで買っていったナディヤさんは、微笑みを振りまいてエアハルトさんと一緒に店を出ていった。

その後、すぐに閉店時間になったので店を閉める。

「……よかった」

一瞬、「恋人だ」と紹介されると思って身構えちゃったよ……

はーっと息をはいたあとは、さっさと閉店作業を終わらせて、二階に上がったのだった。

なんだかんだと店をこなし、今日はお休み。

小雨が降っているけど、従魔《じゅうま》たちを連れて拠点に行ったあとは、『フライハイト』のみんなで『アーミーズ』の拠点にあるライゾウさんの店に行く。

今日はみんなでライゾウさんに採寸してもらうのだ。

「来たな。じゃあ、さっそく採寸するぞ」

メジャーを持って次々に採寸をしていくライゾウさん。女性のぶんはマドカさんが測ってくれた。従魔《じゅうま》たちはライゾウさんに測ってもらうのを嫌そうにしていたけど、触らないように気を使ってくれたからなのか、おとなしくしていた。

もちろん、傘も頼んだよ！

「で、フロッグの皮は？」

「これです。これで『フライハイト』と従魔《じゅうま》のぶんをお願いします」

「おいおい……ずいぶんたくさんあるな。全部買い取ってもいいか？」

「いいですよ。あ、そうだ。あと、これでビニールハウスみたいなシートって作れますか？」

これはかなり小声でライゾウさんに話す。グレイさんとユーリアさんは傘を見ながらあれこれ話しているから大丈夫だと思うけど、念のためだ。

で、ビニールハウスのことを聞いたらできるとのこと。本格的にビニールハウスが必要なのは冬だけど、今も結構雨が降ってるからね。

根腐れの心配をするくらいなら、フロッグの皮を被せてみたほうがいいと考えたのだ。

そのことをライゾウさんに相談すると、やっぱりそうしたほうがいいと言われた。

日本よりも雨の量が多いことも関係しているみたい。

「なら、それに関しては、またフロッグの皮を採ってきたら教えてくれ」

「わかりました。あ、そうだ。他にもあのダンジョンで採れたボスの皮がありますけど、いりますか？」

「どれだ？」

「キングとクイーンホーンラビットの毛皮です」

「おう！　いるいる！　売ってくれ！」

「わかりました」

凄い勢いで食いついてきたライゾウさんに、売らずに取っておいたキングとクイーンの皮を渡す。これも加工して、コートか革鎧にするそうだ。

量が少ないから、私たちが着るぶんには小さいけど、リョウくんのコートにちょうどいいと言っている。冬になったらコートを着たリョウくんが見れるかもしれない。

その後、傘の大きさや色を決め、ライゾウさんの店を出る。『フライハイト』のみんなは明日から西にある上級ダンジョンに潜るらしく、ギルドにどんな依頼が出ているか見に行くんだって。

だから、もし第六階層を通るなら魚介類を大量に採ってきてほしいとお願いしたら、苦笑されてしまった。いいじゃん、買うだけじゃ足りないんだから。

話によると、第十階層以降にも海や川になっている場所があるそうなので、そこで採ってくると言ってくれた。そのうちまた、西のダンジョンで魚介狩りをしよう！　って従《じゅう》魔《ま》たちが言いそうだ。

途中でみんなと別れ、私たちは一旦家に戻ってココッコたちを連れて出ると、西門から森へと行く。相変わらず小雨が降っているけど、従魔《じゅうま》たちもココッコたちもあまり気にしていないみたい。

「じゃあ、まずはスライムからだね」

〈そうだな。ココッコたちよ、我らが抑えておくから、くちばしか足で攻撃するのだぞ？〉

〈弱いといってもスライムにゃ。ココッコたちにとってはまだまだ危険にゃ〉

〈頑張って倒すにゃ〉

「こけーっ！」

気合いは充分！　といった感じで、羽根を広げて鼓舞《こぶ》するココッコたち。

「怪我をしたらすぐに私のところに来るんだよ～」

「こけーっ！」

「よし。じゃあ、私は採取をしているね。みんなも気をつけて」

護衛として残ってくれるラズとロック以外は、みんなそれぞれ眷属《けんぞく》にしたココッコたちを連れて森の中へと散っていく。私は従魔《じゅうま》たちとココッコたちを心配しつつ、採取を始めた。

といっても、ミントやローズマリーなどの基本的なものは庭に植わっているので、採取しない。私はラズやロックと一緒に、奥のほうへと行く。

「おお、懐かしい匂いだ～」

〈リンママ、臭い〉

「まあ、確かに臭い匂いだけどね」

奥にあったのは、去年見つけた栗の木。木には花が咲いていて、かなり臭い匂いを放っているのだ。人によっては平気らしいけど、私はどうにもこの匂いが苦手だった。だから日本にいるときも梅雨の時期になってこの匂いが漂ってくると、その場所を足早に通り過ぎていたっけ。

木がある場所さえ覚えてしまえば、今年の秋に栗拾いができる。それまで楽しみにしていようと思いながらさらに奥へと入ると、年がら年中咲いて実が採れるユーレモの群《ぐん》生地《せいち》を発見した。

幸運なことに、いくつか実が生っている。

「ユーレモか～。少し持って帰ろう。これでゼリーにしたら美味しそう！」

〈オレ、このジュース好き！〉

〈ラズも！〉

「なら、いくつか持って帰ろうか」

〈〈やった！〉〉

ラズがロックの頭の上でぴょんぴょん跳ね、ロックの尻尾がぶんぶんと勢いよく揺れる。

そんなに好きなのか。なら、できるだけ持って帰ろう。

ただし、他にも採りに来る人がいるだろうから、全部は採らないようにしないと。

ユーレモを採取しつつ、他に薬草がないか注意深く探す。

まあ、ここまで奥に来るとほとんどないんだよね。キノコも、ダンジョンと違って数が少ないし。

今日はココッコたちのレベル上げのためでもあるからいいか、と森の木を確かめつつ、奥でしか採れない薬草を採取した。

そんなことをしているとあっという間にお昼になったので、一旦草原の近くまで戻る。

雨避けのためにテントを張ろうとしたら、ロックが【大地魔法】で大きなかまくらみたいなものを作ってくれたから、その中でお昼ご飯。

いつものように簡単にスープを作っていると、従魔《じゅうま》たちとココッコたちが戻ってきた。

レベルが三つ上がったそうで、ココッコたちが喜んでいる。

どこまで上がると進化するのかわからないけど、少しずつレベルを上げていけばいいと思う。

「おかえり。怪我はしなかった？」

〈小さな怪我はしたにゃ。だけど、レンが魔法で治したにゃ〉

〈シマもにゃ〉

〈我もだ〉

「そっか。よく頑張ったね、ココッコたち。さあ、みんなもお腹が空いたでしょ？　ご飯にしよう」

できたてのスープと、持ってきたサンドイッチを出す。今日はロック鳥の照り焼きと卵、ツナマヨを挟んだサンドイッチだ。ココッコたちにはみじん切りにした野菜を出し、スープの代わりにぬるま湯を出しておく。

肌寒いから、温かいほうがいいと思ったのだ。

どんな魔物と戦ったのかしきりに話してくれる従魔《じゅうま》たち。

ココッコたちはまだスライムとしか戦っていないし、ロキたちが抑えていないと戦うのはまだ難しいそうだ。

けど、何回も突いたり蹴ったたし、レベルが上がるにつれて動きもよくなり、少しずつだけど戦う時間が短くなっているという。

「お～、頑張ったんだね、ココッコたちは。だけど、無理だけはしたらダメだよ？」

「「「こけーっ！」」」

「「「こけっこ！」」」

「「「こけっ！」」」

わかってる！　とばかりに鳴いて、羽根を広げるココッコたち。なんて表情が豊かなんだろう。

というか……君たち、魔物とはいえ鳥だよね？　普通は虫を食べるんじゃないの？

〈ココッコは魔物だが、町の中にいる害虫は普通の虫だからな。普通の虫を食べたところで、レベルは上がらない〉

〈だから森にいるスライムや魔虫と戦うにゃ〉

「そうなんだ！」

従魔《じゅうま》たちは私よりも長生きしているからなのか、あるいは神獣になったからなのか、そういったことにとても詳しい。

だから、草原や森、ダンジョンの中にいるときは必ず彼らの話を聞くことにしている。

もちろん、先輩冒険者に教わったことも活かせている……と思いたい。

お昼ご飯を食べ終わったので、片づける。

今回の護衛はラズとソラになった。ロックはかまくらもどきを崩してから、ロキについていった。

今度は草原のほうに出てみる。たま～に木々の側に、どくだみがあったりするからだ。

それを採取したり戦闘したりしていると、あっという間に時間は過ぎていく。

満足したのか、ココッコたちを連れた従魔《じゅうま》たちが戻ってきたので、そのまま帰ることに。

その途中で聞いたんだけど、ココッコたちのレベルが六になったそうだ。

まだまだロキたちが魔物を抑えつけていないと倒せないそうだけど、それでも倒すまでの時間は減っているとのこと。帰りにココッコたちが戦うところを見せてもらったけど、きちんと核を狙って倒していたのが凄い。

あんなに可愛かったココッコたちが……と思うと複雑ではあるが、大きな怪我をすることなくスライムを倒せていたのは嬉しい。

それにココッコたちも喜んでいて、倒すたびに「撫でて!」とばかりに寄ってくるんだから、しょうがない。従魔《じゅうま》たち同様に可愛いんだよ、ココッコたちは。

どんな魔物になるのか気にはなるけど、怪我にだけは気をつけてほしいなあ。


その翌日の朝。

久しぶりの晴れ間に、ここのところさぼっていたココッコの小屋の掃除をしているんだけど……

「うーん……やっぱりないなあ……」

ロキとレン、シマがココッコたちを眷属《けんぞく》にしたとわかってから一週間ちょい。

ダンジョンに行く前から最近卵を産まなくなったなあ……とは思ってたけど、まさか眷属《けんぞく》になったからだとは思わなかった。

餌が悪いのかと思っていろんな野菜を入れたり、お米を入れたりしてたのに!

まあ、ココッコたちは食欲旺盛で元気だし、無駄にはならないからいいんだけどさ。

で、これから三匹に対してお説教です。

この際だから、問題を起こした従魔《じゅうま》たち全員、説教するよ！

「さて、ロキ、レン、シマ。君たちがコケッコを眷属《けんぞく》にしてしまったおかげで、問題が発生しました」

〈〈〈え？〉〉〉

「毎日取れていた卵が取れなくなりました」

〈〈〈ええっ⁉〉〉〉

がーん！　って顔をしているけど、それは君たちのせいだからね？　そのあたりのことはわかっているのかな？

「ココッコは魔物とはいえ、家畜になるほどとてもおとなしい魔物なの。そんな子たちを眷属《けんぞく》にしたら、卵を産まなくなるのは当然でしょ？」

神様の話によると、強い魔物を眷属《けんぞく》にしても、種の存続の本能から子を成すことができるという。ところが、家畜になるほどおとなしい魔物となると、卵や子を産まなくなるそうだ。

子孫を残しても、すぐに食べられてしまうから。

進化すればまた別だけど、今のココッコではダメらしい。

《《《……》》》

「どうせ、ココッコたちからお願いされたんでしょ」

〈……そうだ〉

「まったく……」

三匹の頭を軽くぺしぺしと叩いてから溜息をつく。

「もう眷属《けんぞく》にしてしまったんだからあれこれ言ってもしょうがないけど、当面はご飯に使う卵の量を減らすからね。あと、卵が欲しいからって、ココッコを譲ってもらうこともしないから」

《《《ハイ……》》》

しっかり反省しているようなので、彼らをもふってから解放する。次はスミレだ。

「スミレ、ちょっとおいで」

〈ナニ？〉

「最近庭にいる、スミレに似た小さな蜘蛛はなにかな？」

〈……〉

ミントやレモングラスなど、基本となる薬草のあちこちに小さな蜘蛛がいる。

その中には害虫を食べているものもいて、薬草に虫食いの葉っぱがないのはとても助かるんだけど……なんでこんなにいるのかな？

「黙っていたらわからないでしょ？　この小さな蜘蛛はなにかな」

〈スミレノ子ドモ〉

「ほうほう、子どもなんだ。いつ産んだのかな」

〈リンニ出会ッテ、脚を治シテモラッテスグ〉

「おおい、もう一年近く前じゃん！」

まさかそんなに前だとは思わなかったよ！

「どうして言わなかったの？」

〈怒ラレルト思ッタカラ〉

「そんなことで怒らないよ。黙っていられるほうがつらいよ。今度はちゃんと言ってね？反対はしないから」

〈……ウン！〉

紹介すると言い、スミレが一声鳴くと小さな蜘蛛がわらわらと寄ってきた。

その数、十五匹。あれ？　思ったよりも少ない。

寄ってきた子蜘蛛たちが、私を見上げる。うーん、スミレの半分の大きさしかないけど、見た目がスミレと一緒だから、なんだか可愛い！

「おいで」

そっと両手を伸ばすと、その上に飛びのってくる子蜘蛛たち。撫でて！　と言っているのか、頭を指先に擦り付けてくる。

「おお、可愛いねぇ。たくさん害虫駆除してくれてありがとね」

一匹ずつ撫でると、撫でられた子蜘蛛はぴょんぴょん跳ねる。喜んでいるのかな。スミレの子どもとはいえ彼らは話ができないようで、代わりに全身を使って喜びを表現している。

「怪我はしてない？　大丈夫！　大丈夫？」

そう聞くと、大丈夫！　とばかりに片手を上げる子蜘蛛たち。

しばらく戯れたあと、子蜘蛛たちをまた薬草や樹木に放すと、すぐに散って見えなくなってしまった。

「スミレ、今度はちゃんと教えてね？」

〈ウン！〉

スミレも撫でると、元気に返事をしてエアハルトさんちのほうに行った。背中のところに二匹ほど子蜘蛛がのっていたから、エアハルトさんちの庭の害虫駆除をするんだろう。

そんなこんなで朝のお世話をすませると、買い物に出かけた。

買い物に出かけるときはたいていはラズと一緒だ。

他の従魔《じゅうま》たちだと大きいし、小さくなっていると触ろうとする人もいるんだよね。相変わらずだなあとは思うけど、従魔《じゅうま》を連れて歩いている冒険者が増えてきたからか、前ほどのトラブルはない。

で、いつも行く商会に来たので、近くにいた店員に挨拶をする。

「おはようございます」

「おはようございます。今日はなにをご用意いたしましょう?」

「えっと、卵はありますか?」

「ございますよ」

おお、助かった！　なかったらお肉屋さんに行こうと思っていたんだよね。使い回しができる籠を持っていたのでふたつ出し、それに入れてもらう。ひと籠十個入りで販売しているのだ。

その他に薬草を買い、商会を出る。

他にもお花屋さんに寄ってラベンダーの種を買い、商人ギルドにも寄って砂の発注をする。

砂もダンジョンで採れないかなあ。

北の上級ダンジョンの砂浜の砂で瓶を作れたらいいのに。そうすれば、かなり楽になるんだけどな。

それは今度検証すればいいかとギルドを出ると、家に帰った。

途中で両親に会ったので、そのまま話しながら移動する。

「リョウくん、おはよう」

「きゃー♪」

「リンに会えてご機嫌ね、リョウは」

「そうなんですか？」

「ああ。たまには抱っこしてみるか？」

父がリョウくんを抱っこしていたんだけど、私のほうに手を伸ばしてきたので、その小さなもみじのような手を握る。ドラゴン族だからなのか、赤子といってもドラゴンの姿だ。

ドラゴン族は卵として産まれ、両親から魔力をもらって成長し、自力で殻を割るんだそうだ。そのときはドラゴンの姿。それから三歳から五歳くらいまではドラゴンの姿で過ごし、そこから人化《じんか》を覚えるんだって。なるほど～。

種族によって育て方や生まれたときの姿は違うってことなのか。不思議な世界だなあ。

まあ、それはともかく。リョウくんを父に渡されたので、抱っこしてみる。赤子だからなのか、鱗《うろこ》は綺麗な青色だ。

「きゃーい♪」

「ふふ！　楽しそうだね、リョウくんは」

「うー？」

まだはっきりと言葉がわからないのか、不思議そうな顔で首を傾げるリョウくん。首を傾げた姿がとても可愛い！

義理とはいえ弟になったのだ。どんな子に育って、どんな職業に就くのか楽しみだな。

まあ、まだまだ先の話だけどね！

というか、子どもって案外重い。家に着くまでに腕が痺れてしまって、途中で父と交代した。リョウくんはぶーぶー唸っていたけど、ドラゴン族と違って私は非力だからね。

そこはしょうがない。

家に着くと一旦お茶をして、父はリョウくんと一緒に自分の診療所に行った。

母はハイパー系の練習をしたあと、私と一緒に店番。

それから在庫を補充して店を開け、看板や買取表を出す。

すると、すぐに冒険者がやってきた。

もうじき梅雨が――雨季が明けるそうだし、短いけど夏休みもあるという。

またダンジョンに潜るのか、フルドみたいに温泉に行くか。ちょっとした旅行に行きたいなあ……と思いつつ、冒険者と話しながら、仕事をしたのだった。


その二日後の夕方、拠点でご飯を食べないかとエアハルトさんに誘われたときのこと。

エアハルトさん、グレイさん、ユーリアさんの順に手紙を渡された。

「えっと……これはなんでしょうか」

「俺のは母上からで、お茶会の招待状だな」

「招待状……」

以前、エアハルトさんからちらっと聞いてはいたけど、まさか本当に招待状がくるとは思わなかったよ！

「僕からは婚姻式とその後にあるパーティーの招待状だよ」

「おお、おめでとうございます！」

「「ありがとう」」

延びに延びていた結婚式の招待状だったよ！

というか、王族の結婚式なんて、平民の私が行ってもいいんだろうか……

それはこの際、いいとして。

「わたくしもお母様から、お茶会の招待状ですわね」

「わ～……」

まさか、ユルゲンス家からもお誘いを受けるとは思わなかった！

とりあえず詳細がわからないと判断できないので、三人から話を聞く。

ガウティーノ侯爵家とユルゲンス侯爵家のお茶会に関しては、後ろ盾として困ったことがないか直接話を聞くことと、純粋にお菓子や料理など、レシピのお礼を言うことが目的だという。

レシピに関してはきちんと報酬をもらったうえでのことだから別にいいと言ったんだけど……

「言い方は悪いが、貴族としての体面もあるんだ。あと、うちに限って言えば女児がいないから、母上が会いたがっていてな」

「ああ、そういえば、そんなことを言ってましたね」

「ああ。後ろ盾として面談はこれからもずっと続けなければならないが、お茶会に関しては一回だけだと母上に約束させている。だから、今回だけ付き合ってやってくれないか」

「わたくしも同じ理由ですわ。もちろんわたくしも、お母様にお茶会は一回だけですと約束させましたの」

「そ、それならなんとか……。あ。手紙を開けてもいいですか？」

「「「どうぞ」」」

お茶会も面談も面倒だなあと思いつつ、後ろ盾になってくれている以上、そこは仕方ないと諦める。王様や王太子様に呼ばれるよりはマシだよね！

そう割り切り、三人からいただいた手紙をそれぞれ拝見する。

一番近いのはユルゲンス家のお茶会でその次がガウティーノ家のお茶会、最後にグレイさんたちの結婚式だった。ユルゲンス家は一週間後でガウティーノ家は二週間後、結婚式は一ヶ月後と、なかなか忙しいスケジュールになっている。

日にちに関しては、結婚式以外は店が休みの日にしてくれたようで、問題はない。

ただ、そうすると薬草が足りなくなる可能性があるわけで。それを三人に伝えると、そのぶん多く薬草を採取してきてくれるというので、それなら大丈夫と返事をする。

ただし、お茶会に関しては知らない人ばかりだと緊張するので、エアハルトさんとアレクさん、従魔《じゅうま》の誰かが一緒ならと話して、その条件で了承してもらった。

一人で行くのは無理！　だって貴族のマナーなんて知らないもん！

まあ、マナー云々は大丈夫だと言ってくれたからこそ、頷いた。

念のためドレスコードも聞いておき、服はマドカさんに依頼しておく。

バタバタしているうちに、あっという間に日にちは過ぎていった。


そしてお茶会当日。今日はユルゲンス侯爵家でお茶会です。

服はマドカさんに依頼したもので、カモミールの花柄があしらわれている紺色のワンピース。スカートはフレアになっていてふんわりしている。上に羽織っている薄手のカーディガンは白で、これもマドカさんが編んだものだ。

マドカさんは【裁縫】や【織物】、【染物】のスキルを持っているそうで、ダンジョンに行かないときはライゾウさんの店で冒険者の服や『アーミーズ』の服を作っているらしい。凄いね。

花柄や迷彩柄も自分で織ったり染めたりしたって聞いた。おお、なんて器用な！

靴はローヒールのものでワンピと同じ紺色にワンポイントで白いリボンがあしらわれている。これはライゾウさんが作ってくれた。

バッグはパーティーに持っていくようなクラッチタイプのもので、ベージュ。小さな宝石かビーズかガラスかわからないけど、花とチョウがあしらわれている、とても素敵なものだ。

髪飾りとピアスはエアハルトさんがくれたもので、ピアスはスライムにしてみた。

そしてせっかく招待していただいたので、お土産のお菓子を用意した。スコーンの他にレモンタルトとフルーツタルト、アップルパイ。あと、洋ナシとドラゴンフルーツを使ったゼリーです。

参加するのは私たちを含めて八人だと聞いているので、足りると思う。

できれば、ハーブティーも飲んでもらえたらなと思っている。

種類はカモミールの他に、ジャスミンとローズマリー。

ローズマリーは美容にいいからね。カモミールは冷え症とお通じ、不眠症にもいいし。ジャスミンも、確かリラックス効果とダイエット、美容にいいんだったかな？

貴族の女性なら絶対に飛びつくと思うんだよね～。

なので、自分の好きな味を見つけてもらおうと思っている。気に入ってくれるといいな。

もちろん、王妃様と王太子妃様に渡すレシピにも書いた。これはグレイさん経由で渡してある。

今回護衛として一緒に行く従魔《じゅうま》は、ラズとスミレ、ユキとロック。ユキとロックはミニサイズで行くことになっている。

そしてアレクさんとエアハルトさんも一緒。二人とも普段とは違い、貴族が着る正式な服装をしているからイケメン度がさらにアップしていて、カッコよさが三割増しだ。

実は、ユルゲンス家からお迎えが来ることになっている。

なんだか申し訳ないって言ったんだけど、「通常と違い、無理して来てもらうからよ」と、ユーリアさんを通じて前ユルゲンス侯爵夫人に言われた。

なので、今はその馬車を待っているところ。

待ち合わせ場所は西地区にある教会。

しばらく待っていると馬車が来て、目の前に停まった。

馬車の中に夫人がのっていて驚く。

「ふふ、待ちきれなくて来てしまったわ〜」

「ははは……。わざわざありがとうございます」

「いいのよ〜。さあ、のってちょうだい」

夫人に促され、エアハルトさんやアレクさん、従魔《じゅうま》たちと一緒に馬車にのり込むとすぐに発車した。そして中でどんな方たちが来るのかや、冒険者をしているユーリアさんとグレイさんの様子など、会話をしているうちにユルゲンス家に着いた。

玄関には熊耳の執事服を着た人と、エルフでメイド服姿の女性がいた。

おお、素敵ですよ、熊耳の執事さんの筋肉が！　眼福！

エルフの女性も、映画で見た人のようにとても綺麗です！

「おかえりなさいませ、大奥様。いらっしゃいませ、お客様方」

「ただいま。彼女が我が家が後ろ盾をしている薬師のリンよ。平民だけれど、わたくしたちの大切なお客様だから、粗相《そそう》のないようにね」

「「かしこまりました」」

エアハルトさんとアレクさんは知り合いなようで、お互いに笑顔で挨拶をしている。

まあ、ガウティーノ家が真向かいにあるそうだからね～、知っていて当然だろう。

玄関の中に入るとすぐに、持っていたお菓子を執事さんとメイドさんに渡す。お茶会に出す用のお菓子だと伝えると、微笑んで頷いてくれた。

お茶に関しては私に淹れさせてほしいとお願いすると興味があるようで、教えてくれるならという条件で許可が出る。簡単だからね～。是非試してほしいです。

そこからサロンに案内されると、四人の女性が座っていた。

一人は現ユルゲンス侯爵夫人だったけど、残りは知らない人だ……って当たり前か。

みなさん綺麗な人ばかりだ～！

「お待たせいたしましたわ。今日のゲストのリン、そして付き添いのエアハルト様とア

「レク様です」

「は、はじめまして。薬師のリンと申します。平民です」

「はじめまして。ふふ、とても可愛らしい方ねぇ。そしてエアハルト様、アレク様。お久しぶりですわね」

「お久しぶりです、公爵夫人。相変わらずお綺麗でいらっしゃいますね」

「ありがとう。そう仰るのは貴方くらいですわ」

今回限りということでお名前などの自己紹介はせず、家格でご挨拶ということに。

他の女性は伯爵家と子爵家の方だそうだ。

全員が席に着いたところで、執事さんがお茶のセットがのったワゴンを押して持ってきた。それを見た私は立ち上がり、カモミールなどのお茶の用意をする。

「今日は私がお菓子とお茶のご用意をさせていただきました。茶葉は薬草を使っています」

「まあ、薬草ですの？　苦いということはありませんの？」

「ありませんよ。まずはカモミールの花びらを使ったお茶をお出ししますね。これは手足の冷えやお通じを改善してくれる効果のあるお茶です」

「「「「まあ」」」」

タルトやアップルパイを切り分けている横で、執事さんとメイドさんと一緒にカモミールティーを淹れる。仄かに香るリンゴの香りに、みなさん「本当に薬草なの？」と驚いている。

他にもジャスミンとローズマリーのお茶を淹れ、どれも冷めても美味しいことやそれぞれの効能を教えると、女性陣の目がキラリと光った気がした。

まあ、美容やダイエットにいいと聞けば、目の色も変わるだろう。

「この小さいお菓子がスコーンというものです。小腹が空いたときに食べてもいいんですよ。そしてこちらがレモンタルト、こちらがフルーツタルト、こちらがアップルパイ。他にも洋ナシとドラゴンフルーツを使ったゼリーをご用意いたしました」

「「「「まあぁぁぁ！」」」」

どれも目に美味しい色のお菓子ばかり。スコーンは好みのジャムを塗って食べてほしいというと、すぐに執事さんが用意してくれる。

お茶やタルトなどの配膳《はいぜん》は執事さんとメイドさんがしてくれるというので、席に座らせてもらう。

そこからはお喋りしながらの、お茶会です。

まずはお茶やお菓子の感想に始まり、どのお菓子を自宅で作らせようかと頭を悩ませているみなさん。

「あの、お土産があるんです」

「「え？」」

「今回持ってきたタルトやアップルパイを、みなさんのお土産にと思って焼いてきたんです。もちろん、侯爵家のぶんもあります。よろしければ、レシピと一緒に持って帰りませんか？」

「まあ……よろしいのかしら」

「はい」

驚きつつも、キラキラとした目で私を見る夫人たち。

代表で公爵夫人に聞かれたから、快く頷いた。

会うのはこれが最後だし、また作って！　って言われても困るしね。だからこそ、レシピを人数分書いてきたのだ。

「字はあまり上手ではないので、そこは目をつぶってほしいです」

「事情を聞いておりますわ。とても頑張ったのですね」

「本当に。上手ではないからといって、蔑むような方はここにはいらっしゃらないわ」

「ええ。さっそく拝見させていただくわ。……とても綺麗な字ですわよ？　自信を持って」

「ありがとうございます！」

お世辞《せじ》だとしても、褒められるのは嬉しい！

そこからまたお茶のおかわりをしたり、スコーンやタルトを食べる夫人方。

とても嬉しそうに頬張っているから、気に入ってくれたみたい。よかった～！

現ユルゲンス侯爵夫人が、スコーンを夕食で食べたいとお願いしているのには笑ってしまった。

あと、お茶に関してはたくさん飲んだからといっていきなり効果が出ることがないこと、飲み過ぎてもダメだということをしっかり伝えると、若干がっかりしたように肩を落としていた。

だけど、薬と同じで正しい用法と容量を守らないと、体調を崩してしまうことをしっかり伝えると、頷いてくれる。

薬師としてきっちり忠告しておかないとね。

お昼過ぎまでユルゲンス家でお茶会をして、おひらき。

前侯爵夫人は帰りも教会まで送ってくれた。ありがたいです。

私が馬車から先に降りると、「内密のお話がありますの」と言って、エアハルトさんを引き留める前侯爵夫人。結界を張ったらしくて内容は聞き取れなかったけど、とても深刻そうな顔をして話していた。

……なにかあったのかな。

不安に思っていたら、側にいたアレクさんが「大丈夫でございますよ」と、慰めてくれる。あとで必ずエアハルト様からお話がありますからと。

だったら、エアハルトさんが話してくれるのを待とう。

そう決めたら話が終わったらしく、エアハルトさんが馬車から降りてくる。

そして夫人は私を見て、ふわりと微笑みを浮かべた。

思わず見惚れてしまったけど、お礼を言わないと！

「ありがとうございました。とても楽しかったです」

「こちらこそ。お土産やとても素敵なお茶を教えてくださってありがとう。活用させていただくわね」

「はい。ですが、飲み過ぎだけはダメですよ？」

「心得ておくわ」

ごきげんよう、と美しくも優しい微笑みを浮かべた前侯爵夫人。彼女をのせた馬車が見えなくなるまで見送り、自宅に帰ってきた。

久しぶりのお茶会だったからなのか、エアハルトさんとアレクさんが疲れたような顔をして、溜息をつく。

「リン、楽しかったか？」

「はい。まあ、また行きたいか、と言われると困るんですけどね」

「確かにな」

女性はいくつになってもお喋りが好きなようで、お茶会では誰かしらがずーっと喋っていたり話題を提供したりして、話が途切れることはなかった。

ただ、平民の私や男性もいたからなのか貴族の噂話や政治的な話題は一切なく、終始ファッションやお菓子、彼女たちの領地の特産物などの話をしてくれた。

まあ、特産物に関しては、興味あったから私から質問したんだよね。

気を使わせちゃったみたいだけど、とても楽しかった。

ま、まあ、ガウティーノ家でもお茶会があるから、また面倒なことをしないといけないと思うとちょっとあれだけど。

そのとき、意を決したような顔をしてエアハルトさんが口を開いた。

そして、教えてくれたのは、誰かにあとをつけられていたということだった。

「え……？　全然気づきませんでした」

「そうだろうな。あとをつけていた貴族は中央地区のあたりで護衛をしていた騎士に咎められたらしく、すぐに離れていったようだから」

「そうですか……」

「家はわかっているのですか？」

「ああ。子爵家だそうだ。その名前も聞いている。リンのことがあるから、ガウティーノ家から抗議してもらうことにした。もちろん、王宮にも連絡をとってもらう」

「そうでございますね。リンは後ろ盾を得ている薬師ですから、その対応は当然です」

「おおう……」

冒険者の中には、エアハルトさんたちのように元貴族の子弟の人も少なからずいる。その中には実家とずっと懇意《こんい》にしている人もいるし、平民だとしても貴族と懇意《こんい》にしている人もいる。

私の店があるのは冒険者しか入れない通りといえど、そういう人たちにお願いし、私を誘拐しようと企む貴族がいないとも限らない。

だからこそ私が有名になり始めた時点で、その他の貴族に後ろ盾のことを伝え、牽制《けんせい》しているんだそうだ。そうじゃないと暴走する家が出るかもしれないし、出た場合は処罰できるから。

……本当に、貴族って怖い！

今日のこと程度で処罰はないだろうけど、厳重注意くらいはするだろうと言うエアハルトさんに、アレクさんも頷いている。

「二度とないだろうが、もし次があれば、必ず処罰されるだろう」

「……」

「気にすることはありませんよ、リン。彼らがなにもしなければそれでいいのです」

「ああ。もしなにかあってもあちらの責任になるからな。リンはそういったことを考えず、今まで通り普通に暮らせばいいだけだ。後ろ盾があるってことは、そういうことだからな」

「……わかりました。できるだけ気にしないようにしますね」

気にならないと言ったら嘘になる。

けど、貴族関連に関しては後ろ盾になってくれた家や王家がなんとかすることだから、割り切るしかない。そのあたりの知識がない、根っからの庶民だしね、私。

難しいけど、できるだけ気持ちを切り替えよう。

重たい話だったけど、聞けてよかった。従魔《じゅうま》たちだけじゃなくて、ココッコたちもいるからね。戸締りをしっかりして、できるだけ防犯に努めようと従魔《じゅうま》たちと話し合いつつ、無事に家に帰ってきた。

着替えたら少しだけまったりしてから、従魔《じゅうま》たちをもふったり庭の手入れやココッコたちの小屋を綺麗にしたりした。

そして翌日のためにポーションを作って寝たのだった。


数日後。お茶会に参加した各家の方々から、ユルゲンス家を通じてレシピのお礼とお土産をいただいてしまった。各家の領地で作られている特産物のようで、コーヒーや紅茶、カボチャの他に魚の干物《ひもの》があった。

おお、干物《ひもの》もあるんだ！　初めて見た！

しかも、紅茶の茶葉は、王家が飲むような最高級品だ。嬉しくて、思わず万歳しちゃった。

その日の夜はなんの魚かわからなかったけど、干物《ひもの》を食べた。従魔《じゅうま》たちにはしょっぱいかなあって思って出すのを躊躇《ためら》ったんだけど、魔物だからということもあり、塩分はあまり気にしなくていいみたい。確かに、みんな玉ねぎとかロングネーギを食べても平気だったもんね。

ご飯を食べたあとですぐにお礼の手紙を書いて、ユルゲンス侯爵夫人を経由して渡してもらえるようお願いをしたのだった。

翌週はガウティーノ家でお茶会です。

こちらは夫人を含めて四人プラス、私とエアハルトさんとアレクさん、従魔《じゅうま》四匹のメンバーだった。従魔《じゅうま》たちはユルゲンス家に行かなかったメンバーだ。

お友達は侯爵家と伯爵家と男爵家でした。家によって友人たちの家格が違うのは面白いね。それぞれで気の合う人たちばかりなのだろう。

ユルゲンス家もガウティーノ家も、本当は友人がもっとたくさんいるんだと思う。だけど、私のことを気遣って人数を絞ってくれたんだなっていうのはわかった。そこはとても感謝している。

ガウティーノ家でのお茶会もユルゲンス家と同じような内容だったので、そこは割愛。

もちろん、お茶もお菓子も同じメニューにしたよ〜。些細なことで喧嘩になっても困るし。

まあ、ユルゲンス家と同様にお茶とお菓子への食いつきは半端なかった。

お茶会の中で教えてくれたんだけど、以前グレイさん経由で王族に渡したレシピはすでに末端貴族まで行き渡り、材料費が一番安いスライムゼリーを使ったレシピは領民や平民にまで知れ渡っているそうだ。

それもあってか、最近になって王都にある喫茶店のような場所では、ゼリーが提供され始めたみたい。どんな味なのかな？　食べてみたいな。

従魔《じゅうま》たちがいるからたぶんお店に入れないんだよね。入れるところがあればいいんだけど、私は知らないし。エアハルトさんに聞いてもいいかも。


そんなことを考えていた数日後。やっぱり各家から報酬をいただいたのでお礼の手紙を書いた。お土産の中にこんにゃくと田楽《でんがく》みそがあったから、ビルさんのおうちの人もいたんだろう。

こんにゃくは滅多に売ってないから、すっごく助かる。

あとは二週間後に迫ったグレイさんたちの結婚式だけなんだけど、お祝いになにを渡そうか悩んでいる。

いつも行く商会に行って装飾品を見たものの、庶民向けだからなのか、グレイさんたちに似合うようなものはない。

店員さんに相談したら食器はどうかと言われたんだけど……食器を贈っていいものか悩む。

日本だと割れ物は忌避《きひ》されるからね。その常識があると、どうしても悩んでしまうのだ。

誰かに相談しようかなと思って浮かんだのは、エアハルトさんとアレクさん。

二人とも貴族だったんだから、聞いたほうが早い。すぐにタグの連絡機能で話を伝えると、グレイさんたちは準備で拠点にいないから、店が終わってから拠点においでと誘ってくれた。

久しぶりのハンスさんのご飯！

そのときに、ララさんとルルさんも交えて、貴族が結婚するときの贈り物はなにがいいのか聞いてみた。すると、個人で贈る場合は食器や花瓶、高級な茶葉など、普段よく使うものを贈ることが多いそうだ。

「リンは薬師だろう？　どうせならポーションを贈ったらどうだ？」

「ポーションでも大丈夫ですか？」

「リンにしか作れないものがございますでしょう？　一本あるだけで、なにかあったときのためにも安心できると思いますよ」

エアハルトさんとアレクさんに言われて、確かにそうかもとちょっと納得する。神酒《ソーマ》やハイパーポーションは作れる人がいないしね。だったらそうしようと決めた。

ただ、それだけだと物足りない気がするから、ティーポットとカップのセットも贈ろう。

そう話したら、エアハルトさんもアレクさんも、それで大丈夫だと頷いてくれた。

よし！　明日店が終わったら、いつもの商会に行って、探してみよう。

そんなことを思いつつ、拠点をあとにした。


翌日、店じまいをしたあと、護衛にラズとスミレを連れて家を出ようとしたら、エアハルトさんが裏からやってきた。

「どうしたんですか？」

「これから商会に行くんだろ？　帰りは遅くなるだろうし、一緒に行こうかと思ってな」

「おお、助かります！　お願いしてもいいですか？」

「ああ。拠点から出たほうが近い。こっちから行こう」

「ありがとうございます！」

うちからだと通りをぐるっと回って行くんだけど、拠点からだとすぐなんだよね。

それに、身長が伸びたとはいえ、未だに子ども扱いされるから……

母や従魔《じゅうま》たちに心配をかけても胸が痛いから、エアハルトさんの申し出はとてもありがたかったのだ。

両肩にラズとスミレをのせ、エアハルトさんと並んで歩く。拠点からだと商会まであっという間に着いてしまった。

もうちょっと一緒に歩きたかったなあ……。残念。

店内に入り、先に薬草を見る。たまに売れ残っていることがあって、お店側から買ってくれと懇願されるのだ。すると、いつも私の相手をしてくれる店長さんが寄ってきた。

「いらっしゃいませ」

「こんにちは。薬草はどうですか？」

「はは……。今日中に売らないといけないものがいくつか残ってしまいまして。お願いしてもよろしいですか？」

「いいですよ。あと、贈り物としてティーポットとカップのセットを探しているんです。なにかありませんか？」

「うーん……食器ですか……。うちですとこのあたりになります」

食器類が並んでいる場所に案内してもらう。ティーポットとカップ、ソーサーのセットがずらりと並んでいる。

私が使うのであればどれも素敵だなと思うものばかりだけど、貴族に贈るものとなると、やっぱり見劣りする。それはエアハルトさんもそう感じているようで、首を捻っていた。

「どれも素敵なんですけど、なんか違うというか……」

「どなたに贈られるのですか？」

「貴族の方なんです」

「なるほど。それでしたらうちではなく、中央地区の本店に行かれたほうがいいでしょう」

まさかの本店ときました！　エアハルトさんも驚いているってことは、よっぽどのことなんだろう。

「本店ですか？」

「ええ。リン様でしたら、中央地区にある店に行かれても問題ありません。よろしければ紹介状を書きますし、本店にも連絡しておきます」

「お願いしてもいいですか？」

「はい。いつもたくさん買っていただいていますからね。必要なものが他にあるのでしたら、そちらもご用意させていただきます」

なんという好待遇！　思わず万歳しそうになったけど、グッとこらえる。

食器の他にも欲しいのはスパイス類とハーブ、珍しい果物や野菜なのでそれを伝えると、「やはりですか」と苦笑しながらも頷いてくれた。

「かしこまりました。そのように伝えておきましょう」

店長さんが紹介状を書いてくれるというので店内を見ながら待つことに。すぐに持ってきてくれたので、お礼を言ってエアハルトさんと一緒に中央地区にある商会に出かけた。

中央地区まではバス代わりに辻馬車が走っているので、その乗り場まで移動する。

エアハルトさんはなんだか嬉しそうな顔をしている。

こういう顔をするから、もしかして？　って勘違いしちゃうんだよなあ。

でも、まだ一緒にいられるのは嬉しい！

辻馬車にのって中央地区まで行くと、マルケス商会の本店に移動する。場所についてはエアハルトさんが知っているそうで、案内してくれた。

マルケス商会の本店はすっごく大きな店構えで、思わず見上げてしまった。

しかも、入口には黒服のスーツを着たガードマンがいるよ～。

バッグから紹介状を出しガードマンに渡すと、一人がそれを持って一旦中へと入っていった。

エアハルトさんは銀色のカードを見せていた。なんだろう？

「あの、質問してもいいでしょうか」

「なんでしょう」

「このお店は、紹介状がないと入れないんですか？」

「基本的にはそうですね。あとは会員の方だけです」

「そうなんですね」

かなり厳重なんだなあ、マルケス商会の本店って。

というか、会員ってなに？　日本にもあった、某国の会員制のお店みたいな感じなのかな。

確かに窓から中を見た限り、ドレスを着た人やメイド服、執事服を着た人しかいないんだから、みなさんどこかの貴族家の人なんだろう。夕方なのに凄いよね。

待っている間に教えてくれたんだけど、エアハルトさんはガウティーノ家にいるときにしょっちゅう買い物に来てたそうだ。だから、すぐにでも中にどうぞと言われていたけど、私と一緒に入るために待っていてくれるという。優しいなあ、エアハルトさん。

しばらく待っていると、さっき中に入ったガードマンが男性を連れてきた。

「いらっしゃいませ、リン様。おや、エアハルト様も。ご一緒ですか？」

「はい」

「ああ。リンの買い物に付き合う形ではあるが」

「左様でございましたか。西地区の支店長からも連絡がきております。商品をご用意させていただいておりますので、こちらにどうぞ」

エアハルトさんはともかく、私は庶民だというのに嫌な顔ひとつせず、にこやかに対応してくれる男性店員。見た目は五十代くらいかな？

エアハルトさんと従魔《じゅうま》たち、その男性と一緒に店内に入ると、女性から鋭くて鬱陶しい視線が飛んでくる。その一方で彼女たちは、エアハルトさんを見て頬を染めてるんだから凄い。

まあ、そんな視線を綺麗さっぱり無視して、私をエスコートしているエアハルトさんも凄いよね。視線がザクザク刺さるからやめてほしいんだけど、離れた途端に囲まれそうだし。

その中にいかにも気位の高そうなお嬢様がいた。しかも、見事な縦ロール。わ〜、小説の中だけだと思っていたんだけど、この世界にも縦ロールの髪型ってあるんだ〜！　感動した！　しかも一番キツイ視線を飛ばしているのが彼女だったりする。

面倒だなあ……なんて思っていたら。

「平民風情が、どうしてここにいるのかしら」

なんて言葉をいただきましたよ！

だけど、それを聞いた一部の貴族女性や執事服を着た人、マルケス商会の従業員がすんごい顔を顰めているし、エアハルトさんも額に青筋が浮かんでるし。

でーすーよーねー！　この国では選民意識を持つような人は嫌われると聞いたし、エアハルトさんも平民になったわけで。

それに、商会の本店を紹介されるってことはかなりの好待遇というか、お客さんとして大事にしてもらえていることだと聞いたんだよね。まあ、そのぶん売り上げに貢献しているんだけど。

貴族のお嬢様だとしても、お店のお客さんを貶《けな》すなんて……

しかも、マルケス商会のみなさんはそういう差別的な態度を嫌うらしい。

いいのかな？　お店を出禁になっちゃうよ？

まあ、私には関係ないことなのでシカトして、案内に従って個室に向かう。

それだけで背後がざわついていたから、よっぽどのことなんだろう。

まあ、エアハルトさんがいたからこその対応と思われたかもしれないけどね。

「申し訳ございません。あちらのご令嬢の家には、のちほど抗議させていただきます」

「いえ、気にしていないので。そこまでしていただくわけには……」

「商品を買うのに貴賤《きせん》はございませんし、わたくしどもの対応を馬鹿にしたとも取れますので」

「ああ。そういう意味にも取れるな、あの態度は」

憤慨したように話す、男性従業員とエアハルトさん。

私は感じなかったけど、そういう意味にも取られてしまうのか。大変だなあ、貴族って。言葉ひとつ取っても、別の意味や裏の意味もあるそうだし。

それはともかく。

ソファーをすすめられたので、エアハルトさんと並んで座る。ローテーブルの上には、大きな桃とスパイスやハーブなど、珍しい果物が並んでいる。

「こんなにたくさん！　凄いですね」

「品揃えに関しては、わたくしどもも誇りに思っておりますので」

食器は私の話を聞いてから持ってきてくれるというので、先にテーブルにのっているものを買うことに。

「ここにあるものをすべていただいてもいいですか？」

「ふふふっ！　豪快でございますね。ええ、構いませんよ」

桃とグレープフルーツが二籠、洋ナシとメロン、ドラゴンフルーツが一籠。どれも十個ずつ入っているそうだ。見たことないものはプラムやイチジクに似た形のもの。味見として出してくれたけど、プラムはライチ、イチジクはまんまイチジクでした！　名前もライチとイチジクだったよ〜。

イチジクはジャムやコンポート、タルトにしてもよさそう。

そして、イチジクに関してはもう一籠、できることなら薬草も欲しいと言うと、他の薬師や医師が買わないものなら全部でもいいと言ってくれたので、すべて購入することにした。

エアハルトさんや男性従業員が呆れていたけど、薬草や果物は必須です。

その後、グレイさんの婚姻のお祝いにティーポットとティーカップ、ソーサーとスプーンのセットを贈りたいと話をする。

その中で私が二人に持っているイメージを伝えると、それを具体的にデッサンしてくれる男性従業員。これがまた凄いんだよ。私がイメージしているものが出来上がっていくんだから！

その絵を見て頷くと、イメージに近いものが二色あるというので見せてもらうことに。

「わ～！　素敵！」

「これは、わたくしどもと契約している工房が作ったもので、十客しかありません」

「どちらの色もですか？」

「ええ。言わば一点ものなのです」

通常はもっと作るのですがと言う従業員の男性。

なんでも、貴族向けのカップとソーサーは、パーティーを開くことを考え、はじめは最低でも三十から五十客は作るのだという。注文が入ればもっと作る場合もあるんだとか。

ただ、これは特殊な素材を使っているからそこまでの数は用意できず……

人数の少ないお茶会はともかく、パーティーには向かないとのことだった。

だけど、私はこれがいいと思った。それほどに素敵なセットだったのだから。

ポットは普通のよりも大きめで、地の色は白。色鮮やかな花が描かれている。それはカップやソーサーも同じで、ティースプーンの持ち手側にも、同じ意匠《いしょう》が彫られているのだ。

もうひとつはロイヤルブルーの地の色に、カモミールが描かれている。こっちも素敵で、選べない。

悩みに悩んで、結局ふたつとも贈り物として購入を決めた。

だって選べないんだもん！

それに素材の関係でもう作れないって言われたら買うしかないでしょ？

しかも、王族が使うはずのロイヤルブルーだよ？

王族であるグレイさんたちに贈るのにもピッタリだし、買うしかないでしょ！

ということで、割れないようしっかりと、尚且つ綺麗にラッピングしてもらう。

エアハルトさんも、もうじき侯爵夫人の誕生日とご両親の結婚記念日が近いらしく、装飾品をラッピングしてもらっていた。

誕生日と結婚記念日か……お世話になっているからケーキを焼こうかな。

ホールケーキなら珍しいと思うんだよね。なので、生クリームも購入した。

全部で大金貨が二十枚も飛んでいったけど必要経費だし、納得のお値段だ。

ちなみに、ポンッとお金を出したもんだから従業員に驚かれた。

稼いでるからね～。それくらいは余裕で出せますとも。

すべてをしまい終えると、従業員と握手をした。

「また来てもいいでしょうか」

「もちろんです。その場合はこちらをお持ちください」

「これは？」

「会員証でございます。こちらか紹介状がないと、店内には入れません。もちろん、入る際にガードマンに提示していただかなければなりませんが」

手渡されたのは、クレジットカードサイズの銀色のカード。ここに自分の血を一滴垂らすと私の魔力が反映され、それを登録することで店内に入れるようになるという。

ここまでガードが厳重なのは、先ほどの食器もそうだけど、貴重な品物や宝石を扱っているからだと従業員の男性が話す。

「そうなんですね。……これでいいでしょうか」

「はい、大丈夫でございます。少々お待ちいただけますか？」

「はい」

針で指先を刺され、血をカードに擦り付ける。すると血がその中に吸い込まれ、一瞬だけ光った。それを確認した男性が一旦席を離れるとすぐに戻ってくる。

傷はラズが魔法で治してくれたよ～。

「これで登録がなされました」

「ありがとうございます。今日は帰りますけど、今度は店内を拝見させてください」

「はい。お待ちしております」

もう一度がっちりと握手をして、個室から出る。

店内を横切ったら、前ユルゲンス侯爵夫妻がいた。

他の貴族がいるからと目礼と笑みだけ返して店を出ると、お腹が鳴ってしまった。

「うぅ……は、恥ずかしい！」

「ははは っ！　ここからならガウティーノ家が近い。うちまでアレクに迎えに来てもらうか」

「ご迷惑でなければ……」

「ああ、いいぞ。ちょっと待ってくれ」

ギルドタグの機能を使ってガウティーノ家に連絡してくれるエアハルトさん。

なんか最近、ガウティーノ家に行ってばっかだなあ。

返信を待っていると、前ユルゲンス侯爵夫妻が店から出てきた。

どうしたのか聞かれたので、これからガウティーノ家に行くことを伝えると、送ってくれることに。

「いいんですか？」

「ああ。うちはガウティーノ家の真向かいだからね」

聞いていたけど、本当になんという近さ！

エアハルトさんも一緒にお願いしてくれて、お喋りしながら馬車を待つ。すぐに来てのり込むと、馬車が発車した。

そして馬車が動き出してすぐ、あとをつけてくる馬車がいると、従魔《じゅうま》やユルゲンス家の御者が言い出した。

「さて、どこの家の者かね」

御者はナントカ子爵家の紋章があると言っている。外からだったから聞きづらくて、なにを言っているのかわからなかった。

そこはさすが前侯爵様とエアハルトさん。家名はしっかり聞こえていたみたい。

「俺たちが店内に入ったとき、その家の娘がいました。しかも、リンのことを『平民風情が』と罵っていました」

「ほう……？　あそこにいる三人の子のうち、下二人がどうしようもないと聞いているが……」

「そういえば、次男も店内にいたな」

兄妹揃って問題児って大変だね。悪く言われるのは本人だけじゃないのに、そういうのがわからないんだろうなあ……ってお二人の話を聞いて、そう思った。

前侯爵様とエアハルトさんは次々といろいろな話をしているけど、彼らの話は私にはさっぱりわからない。

それを気遣ってか夫人が話しかけてきてくれたので、ハーブティーを飲んだ感想を聞く。どうやら以前よりもお通じや肌艶がよくなっているようだと、とても嬉しそうに報告してくれた。

「手足の冷えも改善されてきたみたいで、以前より体調もいいのよ。ありがとう」

「改善したならよかったです」

そんな話をしているうちにガウティーノ家に着いたので、門のところで降ろしてもらった。

「「ありがとうございました」」

「いいえ。では、来週ね」

「はい」

来週はユーリアさんの結婚式だもんね。母親としては楽しみなんだろう。

……実は私も、面倒な気持ちもありつつ、密かに楽しみにしていたりする。

大好きな二人の大切な日だからね。

挨拶を交わし、門番に門を開けさせたエアハルトさん。

歩いていると、ドラゴン族の執事さんが前からやってきた。彼はガウティーノ侯爵様付きの執事だそうだ。

そういえば、以前エアハルトさんの家でカレーを食べたときにもいた気がする。

「おかえりなさいませ、エアハルト様。そしていらっしゃいませ、リン様。こちらにどうぞ。アレクに連絡しますので、しばらくお待ちいただけますか？」

「すまない、フォルクス。手間をかける」

「とんでもございません」

あ、私も謝らないと。

「突然お邪魔して申し訳ありません」

「お気になさらず。わたくしどもも、お茶やお菓子、料理の恩恵に与っておりますから。先日のスコーンでしたか？　あれはとても美味しゅうございました。ミルクティーとよくあいますね」

「そういっていただけると、私も嬉しいです！」

おお、スコーンを食べてくれたんだ！

執事さんの話によると、小腹が空いたときに食べるのが気に入ったんだって。冷めたらオーブンで温めてから食べるといいと伝えると、顔を綻《ほころ》ばせて「試してみます」と言ってくれた。

ガウティーノ家のみなさんは、本当に優しい人ばかりだ。

そして待つこと一時間、アレクさんが馬車を引いてガウティーノ家に来た。

従魔《じゅうま》たちにも子爵家の話をしたようで、一緒に連れてきてくれたのだ。

侯爵夫人は夜会に出かけているとかで会えなかった。お礼を言いたかったのに……

残念。

馬車にのり込んで、ガウティーノ家をあとにする。どうやら裏から帰るようだ。子爵家の目を欺《あざむ》くためでもあるんだって。

「その子爵家って、ガウティーノ家やユルゲンス家とのお付き合いはないんですよね？　大丈夫なんですか？」

「ユイは優しいな。そんなことは気にしなくていい。まあ、大丈夫ではないな。うちともユルゲンス家とも関わりのない家だし、後ろ盾としては一言言わないと。お叱りを受けるのは親だが、今回に関しては本人たちもなにかしら処罰がなされるだろう。ただ、決定的なことをしていないから、それ以上はな……」

「そうなんですか」

お叱りを受けただけで、納得するような人なのかなあ？

あの口ぶりからすると、「どうしてわたくしがお叱りを受けないといけませんの！」とか言いそうだよ。

そのことを話すとエアハルトさんもそう感じたようで、「そうだな」と苦笑していた。

そして中央地区を抜けたあたりで、外からアレクさんの声がした。

「エアハルト様。例の馬車が近づいてきます。どうやら私兵を用意したようです」

「あー、終わったな、あのお嬢様」

「え？」

「決定的なことを仕出かした」

「わ～……」

戦争時や、領地に魔物が出た場合以外で私兵を出すのは禁止されているんだって。

しかも、王都でそんなことをしようものなら王家に対する反逆と取られても仕方がないと、エアハルトさんが溜息をつきながらも教えてくれた。

あちゃー……。それはあかんやつだ。

ブツブツ言いながら、エアハルトさんはギルドタグを使ってどこかに連絡している。

ガウティーノ家かな？　それともグレイさんかな？

団長さんだったりして……

そうしているうちに、馬車が停まる。小さな窓から外を見たら、兵が前を遮っていた。

それを見た住民たちが悲鳴をあげて、その場から離れていく。

「はあ……。どうせ、リンか俺が目当てだろう。リンは出るなよ？」

「いえ、一緒に戦います。従魔《じゅうま》たちが殺《ヤ》る気満々なんで、抑えないと……」

外にいるロキとシマ、レンが威嚇の唸り声をあげている。馬車の中で小さくなっているロックとソラ、ユキもグルルル……と威嚇してるし。

一番心配なのはスミレだ。いきなり【即死魔法】を使わないよう、説得しないと！

馬車から降りると、いきなり襲ってきた兵たち。

エアハルトさんもアレクさんも、溜息をつきながら「正当防衛だな」って言ってる。こっちから仕掛けてきたわけじゃないもんね。いきなり向こうからだもん。

私も溜息をついて、馬車の近くに立つ。

「スミレ、騎士たちに突き出さないといけないから、【即死魔法】はダメだよ？　簀巻《すま》きにするぶんにはいいから」

〈ムー、ワカッタ〉

不満そうにするスミレに、きちんと話をする。それはもちろん、他の従魔《じゅうま》たちにも言えることだ。

エアハルトさんとアレクさんが峰打《みねう》ちで私兵を昏倒させて、スミレが糸で簀巻《すま》きにしている。従魔《じゅうま》たちは肉球を使って叩き、倒していた。

器用なことをするなあと感心する。

五分もたたないうちに十五人くらいいた私兵が倒される。それを見て、馬車が逃げようとしたがロキとロックが【土魔法】を使って車輪をがっちり拘束し、御者はスミレが簀《す》巻《ま》きにしていた。

そうこうするうちに騎士がやってきて、私兵と御者を拘束した。馬車の周囲はたくさんの騎士が囲んでおり、中にいる人は逃げられないようだ。

隊長さんらしき人がエアハルトさんに近づき、なにやら話をしている。たぶん、こうなったいきさつを話しているんだろう。

「これで多少は安心できますね」

「そうだといいんですけど……。また襲ってきませんか？」

「それはないと思いますよ。首謀者が誰かわかりませんが、騎士たちが取り調べたうえで、沙汰《さた》が下ると思いますしね」

アレクさんも顔を顰めながらも、安心したように息をはいた。

話が終わったらしく、エアハルトさんがこっちに戻ってくる。

それと同時に騎士たちが、簀《す》巻《ま》きにされた私兵と御者を大きな檻に入れて、馬車と一緒に連れていった。

「じゃあ、帰るか」

「そうでございますね」

「これで終わり、ですよね？」

「ああ。馬鹿な奴だ」

すんごく冷たい目で馬車を見送ったエアハルトさんとアレクさん。そのまま拠点まで帰ると、ハンスさんがご飯を用意してくれていた。

お腹は空いていたけど作る気になれなかったから、助かったよ～。

ハンスさん、ありがとう！　とても美味しゅうございました。


数日後、お昼休みのときにエアハルトさんが来た。先日の事件についてだと思うので、ミルクティーを出して話を聞く。

つけ回していたのは、とある子爵家の次男と末娘の二人。

次男のほうは、私に痩せ薬を作らせようと企んでいたらしい。

なんでも、ひたすら食べたり寝たりするだけの生活をしていて、親に怒られたんだって。そこでダイエット的な感じで剣の練習をすればあっという間に引き締まるというのにそれをせず、楽して痩せたいと考えたらしい。

「は？　薬師はそんな薬は作れませんけど。頼むならどちらかといえば、医師のほうだと思うんです」

「ああ。それがわかっていなかったんだよ、その男は」

そんな便利な薬があるなら、とっくに作って販売しているよ、医師が。

だけど、父からはそんな話を聞いたことがないし、アントス様情報にもなかったと思う。

そしてお嬢様のほうはエアハルトさんが好きで、近づきたかったそうだ。

だけど、エアハルトさんは夜会に出ることすら稀だし、出たとしても基本的に女性を近づけさせないらしい。騎士のときは警備の仕事をしていることが多く、話をすることもできなかった。

しかも、家同士の付き合いもないから、お茶会で会うこともない。

それでもエアハルトさんが忘れられず、エアハルトさんが貴族として最後の夜会に出たときに今度こそ声をかける！　と気合いを入れたという。それすらも失敗したらしいが。

それからしばらくエアハルトさんに会うことはなく、やっとお茶会の日ユルゲンス家に入っていくところに遭遇したらしい。なので帰りを狙ってあとをつけたけど、逆にユルゲンス家の護衛に警戒された挙げ句、王宮に話がいってしまってご両親に叱られたそうだ。

そこで諦めればよかったのに、今日たまたま商会で私とエアハルトさんを見てしまった。

私が近くにいるから話ができないと斜め上の方向に怒りが湧き、排除すれば自分を見てくれるかも……と思ったらしい。……ストーカーかよ！

結局、娘と息子をきちんと躾けられなかったからと、ご両親がお叱りを受けただけでなく、娘と息子はつけ回したことと商会での言動が問題となり、社交界を追放というかなり厳しい沙汰《さた》が下ったそうだ。

「厳しいんですね」

「そこは仕方がない。税で生活している以上、平民を馬鹿にする発言はいただけない。あの場には高位貴族の子息子女がいたから、『何様だ』とあっという間に噂が流れたらしい。しかも、自分勝手な妄想で私兵を使い、リンを排除しようとしただろう？　それも問題になったらしくてな……厳しい沙汰《さた》が下ったそうだ」

それに、居心地の悪い思いをして社交界にいるよりも、追放されたほうが良いんじゃないかって。貴族は長生きするから、ある程度の期間で再教育して、変われば社交界に戻ることはできるけど、変われなければそのままだという。

修道院に行かないだけマシだとエアハルトさんが言っている。

私にはどっちが大変なのかわからないけど、いつか戻れる日がくるか、ずっと閉じ込められているかの差でしかないと、一緒に聞いていた母が辛辣《しんらつ》な言葉で罵っていた。

もう、本当に貴族と関わるのはごめんです。

そう考えるほどに、疲れた出来事だった。

それからは何事もなく、穏やかに日々が過ぎていった。

私は今、アレクさんが操る馬車の中にいる。隣にいるのはエアハルトさんだ。

「本当に私が行ってもいいのかな……」

「まだ言っているのか？　グレイ……いや、ローレンス様とユーリア様、そして王から直々に招待状がきたんだろ？　大丈夫だと思うぞ」

ガラガラと音を立てて走る馬車。サスペンションがあるからなのか、思っていたよりも揺れは少ない。

まあ、馬車だからそれなりに揺れはするけど、クッションがあるからお尻が痛いということもない。ありがたや〜。

それはともかく。

エアハルトさんの言う通り、今日はグレイさんとユーリアさん、王様から招待されている。

二人の結婚式なのだ。

中央にあるアントス様を祀る教会で結婚式を挙げたあと、お城でパーティーが開かれるんだって。なので、今日はドレスを着用です。

ドレスはガウティーノ家が用意してくれたものだ。採寸したのはガウティーノ家でお茶会をしたときだったんだけど……ずいぶん早いね！　ガウティーノ家お抱えのお針子さんが優秀なのかも。

ドレスを作ってくれたのは以前お世話になったマダム・ラッセルさんのところだそうだ。とてもシンプルなドレスで、袖や裾、襟ぐりに銀糸で刺繍《ししゅう》がなされている。ドレスの色はカーキ色。襟ぐりは丸首で、ネックレスとピアス、髪飾りを着けている。

どれもガウティーノ侯爵家からいただいたものだ。貴族が使うには安いものだけど、平民だとちょっと無理をすれば買えるくらいのお値段のもの。すべて緑色の石で統一している。

髪飾りだけは、エアハルトさんがくれたやつだ。これがドレスに一番似合っていたともいう。

「そうなんですけど……」

「心配なら、俺たちの側にいればいい。ヴァッテンバッハ公も近くにいるだろうし」

「……」

「俺もユイの近くにいるから。それに、ラズとスミレ、ロキがいるんだから、大丈夫だ」

「……はい」

二人っきりだからなのか、本名で呼んでくれるエアハルトさん。ちょっとドキドキする。

「今日のユイの装いは、とても綺麗だ。よく似合っている」

「あ、ありがとうございます」

じっと見つめてきたからなにを言うのかと思えば、ドレスを褒めてくれた。着替えを手伝ってくれたララさんとルルさん、ドレス姿を見たアレクさんとハンスさん、それに従魔《じゅうま》たちも褒めてくれたけど、エアハルトさんに褒められるのが一番嬉しい！

そんなエアハルトさんの装いは、貴族の正装だ。まだ平民になったと公表していないそうで、この装いらしい。

「エアハルトさんも、とても素敵です。カッコイイです！」

「そ、そうか？　ありがとう」

いつもどっしりと構えている感じがするから、照れるエアハルトさんはなんだか新鮮だ。

そのとき、石を踏んだのか馬車が揺れ、エアハルトさんにぶつかってしまった。

そのまま肩を抱いて支えてくれるエアハルトさん。

「す、すみません！」

「大丈夫だ。怪我はないか？」

「はい」

密着してるからか、さっきよりも心臓がドキドキと鳴って煩いくらい。

このドキドキをエアハルトさんに知ってほしいような、知られたくないような……複雑な気持ちだ。恋するみんなはこんな気持ちを味わってきたのかなあと思いつつ、エアハルトさんから離れようとしたら、ぐっと肩を抱き寄せられた。

なに？　なにがあった！

「え、エアハルト、さん？」

「……まだ揺れるからな。しばらくこのままでいとけ」

「え、あ、その、ハイ」

耳元で囁かないでーー！　擽《くすぐ》ったいです！

くそう、大好きな声優さんに似ている声だから、余計にドキドキする〜！

ロキやスミレから生温かい視線を投げかけられたし、ラズに至ってはぷるぷると震えている。

〈我が番《つがい》を思い出すな……〉

〈可愛カッタ〉

「なにを言っているのかな？　ロキ、スミレ」

「そんなでっかい独り言があるか――！」

〈単なる独り言だ〉

ロキは死んでしまった奥さんを思い出しているんだろう。レン一家とスミレによると、本当に強かったんだって。

一瞬哀しげに瞳が揺れたロキだけど今はロックもいるし、レン一家やラズ、スミレがいるから寂しくないそうだ。もちろんそれは、私も含めての話。

〈リンも可愛いよ！〉

「そうだな、リンは可愛い」

「エアハルトさんまで、なにを言っているんですか！」

「本当に可愛いぞ？」

耳元で囁かれて、頬に柔らかいものが当たる。

「～～～～～～！」

キスされたんだと思ったら顔が一気に熱くなってしまった。

く、くそう……イケメンめ！　これで婚約者とか恋人がいないって、どういうことかな⁉　すっごく不思議なんだけど！

そして、今日に限って、エアハルトさんはなんでキスしたんだろう？　嬉しいけど悩むーー！

ぐだぐだ悩んでいるうちに教会に着いた。ずっと抱きっぱなしだった私の肩から手を外したエアハルトさん。その温かさがなくなって、なんだか寂しい。

それはともかく、今は教会での結婚式をのり切り、お城でのパーティーに出ないといけない。エスコートはエアハルトさんとアレクさんがしてくれるというので、二人に丸投げしよう。

念のため、ドレスの中というか、太ももに小さなマジックバッグを身に着けている。これを作ったのはライゾウさんで、キヨシさんが使える【時空魔法】を使用したマジックバッグだったりする。

重量軽減と空間拡張を付与されているけど、入れられるのはそんなにない。入るのは、せいぜい服一着分と武器と防具、【家《ハウス》】と二日分の食料くらいなのだ。

まあ、それだけ入れれば充分だけどさ。

そして私はといえばアズラエルとダンジョンから出た緑色の服、食料と神酒《ソーマ》を五本にハイパー系五本ずつや万能薬を入れている。これでいっぱいになってしまった。

もちろん、エアハルトさんも同じサイズのものを腰のベルトに着けているんだって。なにかあったときのためにみたい。

で、ロキはそのままの大きさでは神獣とバレるので、今はグレイハウンドの子どもサイズになっている。子どもといっても、ずいぶん大きいんだけどね！

ロキの頭の上にスミレが、背中にはラズがのっている。今日は彼らが私の護衛なのだ。全員連れてきてもいいって招待状に書いてあったんだけど、さすがにそこは遠慮しました。

まあ、そんな事情はともかく。馬車停めに馬車と馬を預け、エアハルトさんのエスコートで馬車から降りる。すぐにアレクさんも並んだ。私たちのうしろにはロキたちがついてくる。

教会の入り口で招待状を出すと、中に案内された。ここにはごく親しい人や親族だけしか入れないんだって。

向かって左側にグレイさんの関係者、右側にユーリアさんの関係者が座る。エアハルトさんやアレクさんを含めた私たちは、グレイさんのごく親しい人ということで、王族側の末席に座らせてもらえるみたい。

まだまだ時間があるみたいで、関係者のみなさんはそれぞれ席を立って談笑していた。

その中に従魔《じゅうま》を連れた私たちが入ったものだから、一瞬でしーんと静かになったあと、ひそひそ声に変わる。

うわあ、感じ悪い！　これが貴族かあ……と遠い目をしていたら、ユーリアさんのご両親とお兄さんご夫婦が近づいてきた。確か、下の者から話しかけたらダメなんだよね。

そう思って身構えていたんだけど、みなさんは以前会ったときのように、にこやかに話しかけてくれる。

「久しぶりだね、リン。来てくれて嬉しいよ」

「お招きありがとうございます、ユルゲンス侯爵様」

「ふふ、堅い挨拶はなしだよ。素敵なドレスだね」

「ありがとうございます」

簡単なマナーとして、スカートを摘まんで小さく腰を落とし、頭を下げる。これだけでも印象がかなり違うんだと、ララさんとルルさん、アレクさんやエアハルトさんにまで言われた。

付け焼刃ではあるけど、ユルゲンス一家には概ね好評みたいなので、胸を撫で下ろす。

そこでしばらく話をしていると、教会に騎士たちが入ってきた。

先頭に団長さんがいるから、もうじき王様が来るんだろう。

騎士たちが入ってきたことで、中にいたみなさんがそれぞれ席に戻り、その場に立ったまま王様たちが来るのを待つ。するとすぐに王様と王妃様、王太子様ご夫妻と宰相様が入ってきた。

王族が着席すると私たちも一旦座る。王様と王太子様が私のほうをちらちら見てたけど、今はそれどころじゃない。

内心で溜息をついていると、神官が入ってきて、三段ほど高くなっている台のところに向かう。台のうしろにはアントス様の像が。

台のところに神官が立つとうしろにある扉が開かれ、グレイさんとユーリアさんが入ってきた。

グレイさんは光沢のあるグレーの燕尾服を着ている。その上に羽織っている白いマントが肩から流れ、動くたびに揺れる。左腰には剣がぶら下がっていた。

ユーリアさんはロイヤルブルーのドレス。プリンセスラインっていうのかな？　ところどころに小さな宝石が散りばめられているのか、窓から入ってくる光に反射して輝いている。

ブーケはあるけど、ベールはない。その代わり、ユーリアさんの頭上にはティアラが輝いていた。

いずれ臣下になるとはいえ、現段階ではまだ王族に連なるからなのか、装飾品はとても豪華で綺麗だ。

美男美女だからねー、眼福ですよ！

真っ赤な絨毯《じゅうたん》の上をゆっくり歩くお二人。私たちはそれを見守る。

それから、この世界独特の言い回しで「これから夫婦となり、お互いに協力しあって支え合いましょう」といった意味あいの言葉を発する神官。私には難しくてなにを言っているのかわからない言葉もあったけど、解釈は間違ってないと思う。

それから婚姻証明書にサインをして、キスをするグレイさんとユーリアさん。

「今ここに、新たなる夫婦が誕生した。二人に祝福あれ」

神官がそう声をかけると、グレイさんとユーリアさんが私たちのほうを向いてお辞儀をした。

それと同時に拍手が起こる。

そんな様子を、グレイさんとユーリアさんは頬を染めて、本当に嬉しそうな微笑みを浮かべて見ていた。

式が終わると、お城へと移動する。お城までは馬車で十分かかるそうだ。

王族から退室して次にユルゲンス家、それから招待された人たちの順で退室するみたい。私たちは一番最後でいいかと着席したまま待っていた。

その通りすがりに、王様とユルゲンス侯爵様一家から「あとで話をしよう」と言われ

て、若干顔を引きつらせつつも小さく頷く。なにを言われるのかな。

まあ、そんなことを考えていてもしょうがないんだけど、ユーリアさんやグレイさんの友人なのか多くの貴族たちが、私たちのほうを――特に、私と従魔《じゅうま》たちをちらちらと見ている。その視線が非常に鬱陶しい。

しかも、「エアハルト様が……」「騎士を辞められて、どうして冒険者など……」なんて言葉が聞こえてきたから、公表はしていなくてもそれなりに噂になってはいるんだろう。

まるで私が原因とでもいうように、睨みつけてくるお嬢様までいるし。知らんがな。というか、私は一切関係ないと言いたい。

「リン、眉間《みけん》に皺が寄っているぞ？　あとちょっとだから我慢しようか。王宮に行ったらもっと鬱陶しい視線が飛んでくる」

「場合によっては囲まれますからね」

「うへぇ……。根っからの平民には、キツイです」

「そこは俺とアレクでガードする。あとはヴァッテンバッハ公もか」

「そうですね。ユルゲンス侯やガウティーノ侯も護ってくださるでしょう」

おおう、ずいぶん豪華な面子《メンツ》だね！　余計に悪意のある視線が飛んできそうだよ……

このドレスにはアントス様をはじめとした神様たちの加護がついていないから、気をつけないと。まあ、そのためのロキたち護衛なんだけどね。

ここそこと会話をしていると、かなり人数が減った。これなら移動しても大丈夫だろうとエアハルトさんに言われたので馬車まで行き、そこから王宮まで移動する。御者は今回もアレクさんだ。

門で招待状を見せ、中に入れてもらう。

会場はとても大きな部屋で、奥には楽団がいる。天井にはいくつものシャンデリアがぶら下がっているけど、今は大きな窓から差し込む陽射しがあるからなのか、灯りは点いていない。

そのシャンデリアも陽射しを反射して、キラキラと輝いている。そのあまりにも豪華な様子に、私と従魔《じゅうま》たちの場違い感が半端ない。

「うう……ＯＫするんじゃなかった……」

「リン、なにをぶつぶつ言っているんだ？　できるだけ早く王様たちに挨拶したら、壁際に寄って食事を楽しもう」

「そうですよ。ほら、あちらに『猛《たけ》き狼《おおかみ》』と『蒼《あお》き槍《やり》』、『アーミーズ』のメンバーがおります」

「あ、ほんとだ」

「あちらにまいりましょう」

エアハルトさんとアレクさんに促されて、冒険者が固まっている一角に移動する。みんなも正装していて、とても素敵だ。

「お、リンも来たな。これでだいたい揃ったか?」

「そうでござるな」

「リンちゃん、とっても綺麗や！　緑のドレス、とても似合《にお》うとるで」

「ありがとうございます！　みなさんもすっごく素敵です！」

それぞれ褒め合いつつも、ちょっと居心地が悪そうに端っこに陣取っている。滅多に王宮に来ないいんだから仕方がない。

ヘルマンさんたちやスヴェンさんたちも、王宮に来るのはSSランクを拝命したとき以来だそうだから、それなりに緊張しているらしい。

彼らに話を聞く限り、SSランクは王宮で拝命するそうだ。騎士や冒険者を統括している大臣がいて、その人から言い渡されるんだって。面白い仕組みだよね。

それから、特別ダンジョン踏破《とうは》のことも褒められた。今のところギルドからはなにも言われていないけど、もしかしたら私はSランク、『フライハイト』の他のメンバーや

『アーミーズ』のメンバーは、SSランクに上がるかもしれないそうだ。

「え、そんなことあるんですか？」

「ああ。話を聞く限り、スタンピード直前だったんだろう？　それを阻止した功績でSSランクになるかもな」

「おお、凄いです！」

「そうは言うが、リンの従魔《じゅうま》たちがいたからこそだからな。実際危なかったし。だからもしその話が本当だとしても、俺は辞退するつもりでいる」

「僕もそのつもりです」

まだまだ実力が伴っていないから、その話がきたらみんな辞退すると言っている。

「リンは受けたほうがいいな」

「どうしてですか？　できれば私も辞退したいです」

「従魔《じゅうま》たちのことがあるからな。必ずSランクに上がると思うぞ」

「店のこともあるしな。特に神酒《ソーマ》とハイパー系がなあ……」

「ああ……そういうことですか」

最上級ポーションである神酒《ソーマ》が作れる以上、ランクがAのままっていうのもまずいんだろう。そこは冒険者ギルドと商人ギルド、大臣の話し合いで決めるそうなので、どう転ぶかわからないらしい。

もしSランクになったら、最短で、しかも最年少記録になるそうだ。

そんな面倒なのはやめてくれー！

そんな話をしているとパーティーが始まる時間になった。

王族が入ってきたあと、今日の主役であるグレイさんとユーリアさんが入場する。その美しい装いと姿に、あちこちからほぅっ……と感嘆の溜息が漏れ聞こえてくる。

いつも綺麗だけど、今日のユーリアさんは特別綺麗で、とても幸せそうに見える。

そして王様がパーティーの開始を宣言すると、楽団が音楽を奏で始めた。王族と今日の主役であるグレイさんたちが踊り、それが終わると他の人たちが王族に挨拶を開始する。

そこからは本当に自由というか、挨拶が終わってしまうとダンスをしたり食事をしたり、飲み物を飲みながら談笑したりしている。私たち冒険者は一番最後に挨拶だ。

うう……緊張する～！

ドキドキしながら待っていると、すぐに順番がくる。

「よく来たな、リン」

「このたびはおめでとうございます。そして招待いただきありがとうございました」

「まあ、貴女がリンなのですね。とても美味しいお菓子をありがとう」

「ど、どういたしまして」

王様から話しかけられたあと、王妃様からも話しかけられた。以前渡したお菓子や、グレイさんを通じて渡した料理やお菓子のレシピを気に入ったらしく、微笑みを浮かべている。

ワイルドな王様とたおやかな王妃様。美女と野獣のカップルだ〜。

またなにか教えてほしいと言われたけど、私が知っているレシピなんてそんなにない。なのでそれを伝えたうえでなにか食材を指定してもらって、それで知っているものがあればということで妥協していただきました。

王宮に来てとも言われたけど、さすがにそれは辞退させてもらった。平民がホイホイ行ったらダメでしょ！

挨拶が終わったら、みんなして食事です。オードブルや肉料理が各種とサラダなどなど、見たことがない料理から私が教えたものまで、たくさん並んでいる。

デザートもあって、ショートケーキやティラミス、色とりどりのゼリーもあった。

盛り付けしていたのは、以前ガウティーノ家で会った料理人だ。

「リンちゃん、久しぶりだね。その節はありがとう」

「お久しぶりです。どういたしまして。その後、どうですか？」

「いろいろと精進している。いいな、あのショーユやミソって調味料は。カツオブシも。肉や魚だけではなく、野菜にも使えるのがいい」

いろいろとアレンジしているようで、レパートリーや味が豊かになったと、嬉しそうに語っている。一緒にいた料理人も嬉しそうに頷いていた。

「王妃様にレシピを頼まれたので、そのうちまたそちらにも流れると思います」

「お、そうか。楽しみだ」

どの食材を指定されるのかわからないけど、残念な頭をフル回転して頑張って思い出すか、スマホで検索しよう。カレーやショートケーキのように、他の大陸にある料理のレシピが出てくるかもしれないし。

面倒だなあ……とは思うけど、王族に頼まれた以上そんなことも言ってられない。忘れてくれるのが一番なんだけどたぶん無理だから、そこは諦めよう。

料理人と話して、オススメの料理を盛り付けてもらうと、みんなと一緒に隅っこに移動する。料理を楽しみながら話をしていたら、グレイさんとユーリアさんがやってきた。

「ローレンス様、ユーリア様、おめでとうございます。とっても綺麗です！」

「ありがとう、リン」

「リンも素敵ですわね。どなたにいただいたドレスかしら」

「ガウティーノ家が用意してくださったんです」

「そうなんだね。リンの雰囲気に合っている色だね」

「ありがとうございます」

他の貴族がいるからきちんと様づけで呼んだよ。じゃないと、あとが怖いし。

なにせ、近くにいる貴族たちが聞き耳を立てているんだもん。ひそひそとやられるのは怖い。

まあ、私とロキたちは、エアハルトさんとアレクさんを筆頭に多くの人々にまるで護るように囲まれているんだけどね。そもそも私はみなさんよりも小さいから、視線が飛んでこないともいう。

で、このときに知ったんだけど、『猛《たけ》き狼《おおかみ》』と『蒼《あお》き槍《やり》』のメンバーは、もともとみんな騎士や宮廷魔導師だったんだって。エアハルトさんと同じように、自由にダンジョンに潜ってスタンピードを防ぎたいという信念を持っていて、それを実行したそうだ。

実力があるのに勿体ないなあって思うけど、そこは騎士も冒険者もやることは変わらない。なので、時間が制限されない冒険者を選んだだけだと、みなさんは豪快に笑っている。

中にはエアハルトさんやアレクさんのように、貴族籍を抜けている人もいるんだとか。思い切りがいいね、みなさん！

グレイさんとユーリアさんと一頻《ひとしき》り話したあとは、別の場所に移動した。入れ替わりで王太子様が女性を伴ってやってくる。

領地にこもって反省しつつ、今日は弟の結婚式だからと王都に来たらしい。

「その節はすまなかった、リン。もう二度としない」

「本当ですか？　また仕出かしたら、今度こそ命がなくなりますよ」

「ああ、わかっている。それはもう、父上と妻たちにこってり絞られたからな……」

相当言われたのか、顔色を悪くして溜息をつく王太子様が謝罪してくれた。隣にいる女性は王太子妃様だそうで、お互いに自己紹介。

「薬草をたくさんありがとうございました。足りないときだったので、とても助かりました」

「こちらこそ、夫が失礼しましたわ。それに、料理やお菓子もとても美味しかったんですの。まさか、捨てるしかなかったあのスライムゼリーが、あのような冷たいお菓子になるなんて……」

「ああ。あれは衝撃だったね。今は国民だけではなく、他国にも広がりつつある」

「え、そうなんですか？」

「ああ」

おおう、まさか、他国にまで広がっているとは思わなかったよ！

「そのうち、陛下から褒美が出るだろう」

「いやいやいや、それはもういいですって」

「それこそダメだな。示しがつかなくなってしまう。果物によって味が変わるんだ。それに、すぐに増えるスライムを減らせるし冒険者ではない平民でも倒せることから、平民の間でもゼリーが広まっている」

「そんなに、ですか……」

スライムはすぐに増えるから、扱いに困ることもあるんだって。肥料にはなるけどそれだってたくさん必要なわけではないから、使わないゼリーは捨てているのが常だった。

ダンジョンがあるからそんなことにはならないけど、もし食料不足になることがあってもお菓子に化けることはわかっているんだから、飢えることはないと嬉しそうに語ってくれる、王太子様。

スライムゼリーはスラムにいる人でも買えるほど安いんだとか。もちろん、倒すこともできる。

果物は森にもあるから、それを採ってくればいいしね。

政治的なことはよくわからないけど……なるほど、そういう見方もできるのか。

貴族や王族は、視野が広くないとダメなんだろうなあと思った話だった。というか、そんな話を平民にしないでほしかった……

店を頑張ってと言われて頷くと、王太子様ご夫妻は離れていった。

その後もマルクさんやガウティーノ侯爵様一家、ユルゲンス侯爵様一家が来ていろいろと話をしてくださったり。見知らぬ料理の話を聞いているうちに、時間がくる。

私たちはこれで終わりだけど、貴族たちは夜会もあるそうだ。その夜会では招待されなかった人たちも集まり、グレイさんとユーリアさんの二人を祝うんだって。

最後にもう一度グレイさんとユーリアさんに挨拶をして、なかなか会えなくて渡せなかったプレゼントをどうしたらいいのか聞いてみた。

「では、この場で僕にくれるかい？」

「かなりありますけど……」

「構わないさ。ここにマジックバッグがあるからね」

軽く叩いた右腰には、エアハルトさんも身に着けている小さなポーチが。にっこり笑ったグレイさんも、プレゼントされたか購入したんだろう。

「なら、出しますね」

割れ物なので注意してくださいと一言添え、五十センチ四方の箱をふたつと三十センチ四方の箱、目録《もくろく》を二人に差し出す。

「まあ！　ずいぶん大きな箱ですわね」

「中身はなんだい？」

「内緒です！　私たちが帰ったあとで見てください」

「わかった。なにが入っているのか知らないけれど、大事に使わせてもらうよ。ありがとう、リン」

「ありがとう」

ここで二人が一番喜ぶであろう言葉を、二人に伝える。

「幸せになってくださいね、お兄様、お姉様」

そう言うと、二人は今日一番の笑みを浮かべた。

異世界に来て一年と半年ちょっと。

兄や姉のように慕う仲間が今日、結婚しました！

書き下ろし番外編

一番怒らせてはいけない子だった（タクミ視点）

私の視線の先にはごっそりと表情が抜け落ち、怒りで目が爛々《らんらん》と輝く、義娘になった優衣ことリンの姿が映る。その怒りは凄まじく、妻であるミユキと目が合うと、私は額に、ミユキは目に手を置き溜息をつく。

「あ〜、リンちゃんってああいう子だったわね」

「それは、どういう意味だ？」

ヨシキを筆頭にクランメンバーである『アーミーズ』と、合同で攻略をしている『フライハイト』のメンバーが、私とミユキに引きつった顔を向けてくる。ただし、『フライハイト』のメンバーでエアハルトだけは壁際にいるが。

おっと、ヨシキの質問に応えなければ。

「リンは一見のほほんとしているし、怒ってもすぐに怒りを解くだろう？」

「ああ、そうだな。というか、従魔《じゅうま》たちを叱ることはあっても、怒りを見せたことはないな」

「そうなの。でも、怒るときはきちんと怒るし、わりと頑固なところもあるから、そこは曲げないわね」

「確かに、そうでございますね。杜撰《ずさん》なことをしていた冒険者ギルドのギルマスとサブマスに対しても、きっぱりとお話ししていたこともあると聞いておりますから」

「けれど、怒りはすぐに収まったと、わたくしも聞きましたわ」

「僕も。それに、兄上のときも最初はそうだったしね。……二回目は怒りをあらわにしていたがあそこまでではなかった」

「「あ〜……」」

グレイの〝兄上〟という言葉に、アレクとユーリアが遠い目をしている。

しかしアレクだけではなく、ユーリアやグレイもリンがすぐに怒りを収めたと話し、普段も怒ったのを見たことはないという。

まったく怒らないわけではないが、視線の先にいるようなガチギレ状態は見たことがないそうだ。それだけ穏やかな生活ができていたんだろうなあ……と思う。

それはとてもいいことではあるんだが、今の状態のリンはおっかなくて仕方がない。従魔《じゅうま》たちに無表情で物騒な指示を出しているものだから、背中に冷や汗が流れる。

私がリンと初めて会ったのは、父のあとを継いで病院の院長となってすぐ、個人経営の施設に行ったときのことだった。そのときのリンはまだ赤子で、施設の院長が先代と一緒に経営していた時期だ。

私と同年代だったことと家が近かったこともあり、院長とは幼馴染《おさななじみ》だ。その後、私は医科大へ、彼は経営学科のある大学へと行ったためにしばらく疎遠になってはいたが、お互いの結婚式に呼び合い、私が父に同伴して施設に無料検診に行くようになってからまた密に付き合うようになる。

私と施設の院長の関係はともかく、リンの話だ。

初めて会ったときのリンは、元気よく泣いていた。たまたま女性陣が出払っており、院長たちがとにかく泣き止ませようとしていたところに、私と妻となったミユキが到着したのだ。

すぐにミユキがリンを抱いてあやすと、泣き止んで寝てしまったので、その間に診察する。ミユキもおむつやミルクのことを聞かれては、軽くアドバイスをしていた。

そんなリンは、不思議と熱を出すようなことも風邪や病気になることもない子だったし、動くようになってからも擦り傷や切り傷は作っても、大きな怪我などはしなかった。——他の子は骨折したり子どもがかかりやすい感染症にかかっても、リンだけは罹患することはなかった。

まあ、それはともかく。

リンは動くときは活発に動き、なぜか筋肉が好きな子だった。近くにある陸自の自衛官がボランティアで掃除に来てくれたときは、筋肉の動きをずっと見ていたくらいだ。

しかも、他の子どもたちは自衛官独特の硬質な雰囲気に中《あ》てられて泣く子もいる中で、リンだけはニコニコと笑い、自衛官たちのあとをついて回っていた。どんな仕事をしているのか、筋肉はどうやって鍛えたのかなど、たどたどしい言葉で質問しつつ、一緒に掃除をしていたくらいだ。

そんなリンに自衛官たちは最初戸惑っていたものの、無条件に慕ってくれたのが嬉しかったのだろう。徐々に幼児の質問に答えていった。


とんだ強メンタルな幼児である。

そんな和気藹々《わきあいあい》とした中にあって、それでも自衛官の雰囲気に慣れず、泣いたり避けたりしていた子がいたのだが、それを見たリンは舌足らずながらもその子たちを叱っていた。

自分たちができないことをしてくれているのに、どうしてそんな態度でいられるのかと。もし自分が同じことをされたらどう思うかと。

それは、私やミユキ、院長だけではなく、商店街から手伝いに来る人からも「自分がされて嫌なことは、他の人にしてはいけない」と、常に言われているためだった。自分が嫌な思いをしたのだから、相手も同じなのだと教えているのを見かけたこともある。

その当時、リンは一番年下ではあったが、何人か仲が良くない子たちがいた。リン自身は仲良くしたいと思っているのに、なぜか仲良くできない。

それを悲しいと感じていたのだろう……自分が嫌な思いをしたからこそ、自分が同じことをすれば相手が嫌な思いをするのだと学んだ結果だった。

自分よりも年長の子たちを諭すリンは立派だったし、敬遠していた子たちも自衛官にきちんと謝罪していた。

その後、ぎこちないながらも交流を深め、帰るころには「また来てね！」と手を振っていた。

それ以降、駐屯地《ちゅうとんち》からの手伝いはほとんど来ることはなかったが、個人で訪れたり、施設の院長の友人なのか、アメリカ人が来たりもしていた。体格がいいから余計なのかもしれないが、それでもやはり馴染《なじ》めない子がいた。

それは仕方がないことではあるし、個人の性格もある。歳を重ねるごとにリンもそれを学び、幼児のときのように叱ることはなくなった。

が、ある日、リンよりもいくつか年長の子どもが、院長の友人に言ってはいけないことを言った。その言葉自体は覚えてはいないが、それを聞いた瞬間、本人と大人たちは苦笑しただけだったがリンだけは表情が抜け落ち、その顔のまま静かにこんこんと怒った。

怒ったというより説教に近かったかもしれない。

が、その静かな怒りは大人たちを驚かせ、子どもたちは恐怖に顔を歪《ゆが》めた。最終的には子どもたち全員が泣き喚《わめ》くというカオスな状態になったが、リンは迂闊《うかつ》にも口を滑らせた子が謝罪するまでずっとその子を叱り続け、きちんと謝罪したあとは怒りを綺麗に収めていた。

そんなリンのお怒りエピソードをかいつまんでヨシキたちに話すと、顔を引きつらせながらも納得の表情だ。

いつの間にか私たちを囲むように厳重な結界が張られると同時に、私たちとエアハルトに【エリアヒール】が飛んでくる。

「これは……ラズか？」

「だろうな。いつも以上に回復が速い」

「さすが、本気になった神獣ってことか」

「それもあるだろうが、リンの怒りに触れて、本気になったんだろう」

「今までは本気じゃなかったと？」

「本気ではなかったというよりは、俺たちの攻略を邪魔しないようにしていたんじゃないか？」

MPポーションを飲みながら、それぞれが意見を出す。

確かに、リンの従魔《じゅうま》たちは私たちの指示に従ってくれてはいるが、それはリンが私たちの指示に従うよう話しているからだ。ダンジョン内ではなにがあるかわからない。だからこそ、常に警戒し、魔物を斃《たお》すときは協力しながら全力で挑む。

これは私たちが合同でダンジョンを攻略しているからこそ、リンがそのメンバーに入っているからこそ、神獣という魔物の中では頂点に位置する彼らが手助けをしてくれているにすぎない。

攻略は、自分たちの手でしてこそ、実感するものだ。

今回に限っていえば、私たちが油断していたわけではない。キマイラと鵺《ぬえ》が一緒に出るなど、想定外もいいところなのだ。

本来であればどちらかが単体で出るし、ダンジョンによってはボス扱いとなり、そのどちらかと二段も三段も格下の魔物がお供として出るくらいだ。その数とて、今回のように多いわけでも、二体が一緒に出るわけでもない。

正直、このメンバーでは、甚大な被害を出して辛勝するか、全滅の憂き目に遭っていてもおかしくはなかった。だが、リンという規格外な薬師と、彼女が大好きで彼女を守護するためだけにレベルアップと進化を遂げた従魔《じゅうま》たちは、リンの号令でその真価を発揮したのだ。

真っ黒な鎖がキマイラと鵺《ぬえ》に絡みつき、巨大な岩の手が二体を掴んで離さない。そこに【サンダーランス】が炸裂し、身動きの取れないキマイラと鵺《ぬえ》はそれを避けることもできずに喰らう。

なんとか抜け出そうと藻掻《もが》くも、どんどん増えていく【ダークチェーン】とさらに大きな【ロックハンド】がキマイラと鵺《ぬえ》を完全に固定する。

そこに、本来の大きさ――ゾウよりも一回りは大きくなったロキに跨《また》ったリンが魔力を流したのか、大鎌は禍々《まがまが》しいまでに赤黒く光っている。勢いよく走り出したロキが、キマイラの横を通り抜けると同時に大鎌が振るわれる。すると、なんの抵抗もないままその首がずり落ちる。

キマイラが終わると鵺《ぬえ》にも同じように大鎌を振るった。

だが、再生能力の高いキマイラと鵺《ぬえ》の首が繋がりそうになっている。それではダメだと誰かが声をあげた瞬間。

「レン、ユキ！　シマ、ソラ！　【ブラスター】よ！」

《《【太陽光線《ソル・ブラスター》】にゃ！》》

《《【月光光線《ルナ・ブラスター》】にゃ！》》

リンの声が響くと同時に、オレンジ色の太い光線がキマイラに当たり、銀色の太い光線も鵺《ぬえ》に当たる。

ドオォォォン!!

二体に光線が当たると同時に魔物たちが爆発し、爆風が広がった。

だが、従魔《じゅうま》たちが張った結界のおかげか、誰も吹き飛ばされることはなかった。

「す、すげえ……一撃かよ……っ」

ヨシキの声が震えている。気持ちはわかるぞ……私も背中に冷や汗をかいているのだから。

　煙が綺麗にはけると、そこには光の粒子になり始めたキマイラと鵺《ぬえ》の姿が。それを見届けたリンはロキにエアハルトのところに行くように話すと、すぐに移動する。他の従《じゅう》魔《ま》たちもリンに駆け寄っていく。

　そして神酒《ソーマ》をエアハルトに飲ませて傷が治ったことを確かめた。怒りが解けてホッとしたのだろう……リンはエアハルトにしがみつき、泣き始めてしまった。

　そんなリンの行動にエアハルトは焦っていたが、苦笑したあと背中を撫でて落ち着かせていた。

　泣き止んだリンや従魔《じゅうま》たちと一緒に歩いて私たちのところに来るエアハルト。そのころにはボスだったものの粒子は消え去り、大量のドロップ品が落ちた。

「……とんだ隠し玉だな」

「本当にね……」

　ヨシキの言葉に、グレイが同意した。私たちは顔を引きつらせながら、グレイの言葉に賛同して頷く。

「だから使わせていないんです。神獣の意味がわかりますよね～。あのとき、王太子様に使われなくてよかったですね、グレイさん」

「そ、そうだね」

顔色を青くさせたグレイに、王太子はなにかやったんだな……と察し、こっそりと溜息をついた。

ミユキの背中にいる息子のリョウにいたっては、なにが楽しいのかキャッキャとはしゃいでいる。将来は大物になりそうだ。

まずはドロップを拾ってから休憩しようと話し、実行する。

本当に疲れた一戦だったが、ドロップは私たちが使用している武器がいくつか出たことに驚いた。本当に、ボス戦におけるドロップの法則がわからない。

長期戦でもあったためお腹も空いたし、休憩と食事をしてから次の階層に行くのもアリかと考えていたら、ヨシキが人数によるものなのか確かめたいとアホなことを言いやがった。とはいえ、この階層は初踏破《とうは》だから調べる価値はあるが、さすがに休憩したい。

結局、人数や職業別などでボスがどう推移するのか確認をしたが、キマイラと鵺《ぬえ》が出ることはなかった。


が、これ以降の階層がスタンピード間際特有のモンスターハウスになっており、リンの従魔《じゅうま》たちに助けられながらダンジョンを攻略したのは、言うまでもない。

Regina COMICS
転移先は薬師が少ない世界でした
1~3
［原作］饕餮
［漫画］夏野はるお
大好評発売中!
勤め先が倒産し、職を失った優衣《ゆい》。そんなある日、神様のミスで異世界に転移し、帰れなくなってしまう。仕方がなくこの世界で生きることを決めた優衣は、神様におすすめされた職業“薬師”になることに。スキルを教えてもらい、いざ地上へ!　定住先を求めて旅を始めたけれど、神様お墨付きのスキルは想像以上で——!?
アルファポリス 漫画
検索
B6判
各定価:748円(10%税込)
アルファポリスwebサイトにて好評連載中!
伝説の神酒で助けたら……
最強のもふもふが家族になりました!?

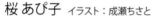

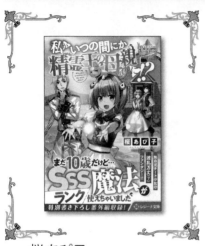

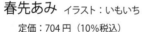

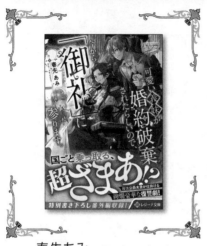

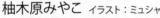

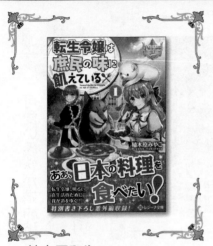

新感覚ファンタジー

レジーナ文庫

領地をのんびり改革中!

レジーナブックス Regina

私の平穏な日々

あきづきみなと　イラスト：nyanya

定価：704円（10%税込）

異世界の公爵令嬢に転生していたミカエラ。けれど政略結婚するのはまっぴらごめん！　そこで将来自立することを目標に、前世の知識と魔法を駆使して、領地をちょっとずつ改革する日々を送っている。やがて15歳となったミカエラは王立学院へ入学。有意義な毎日を過ごしていたのだけれど——!?

詳しくは公式サイトにてご確認ください

https://www.regina-books.com/

携帯サイトはこちらから！

本書は、2020年11月当社より単行本として刊行されたものに書き下ろしを加えて文庫化したものです。


この作品に対する皆様のご意見・ご感想をお待ちしております。

おハガキ・お手紙は以下の宛先にお送りください。

【宛先】

〒150-6008 東京都渋谷区恵比寿4-20-3 恵比寿ｶﾞｰﾃﾞﾝﾌﾟﾚｲｽﾀﾜｰ 8F
（株）アルファポリス　書籍感想係

メールフォームでのご意見・ご感想は右のＱＲコードから、
あるいは以下のワードで検索をかけてください。

アルファポリス　書籍の感想　検索

ご感想はこちらから

レジーナ文庫

転《てん》移《い》先《さき》は薬師《くすし》が少《すく》ない世界《せかい》でした4

饕餮《とうてつ》

2023年4月20日初版発行

文庫編集ー斧木悠子・森 順子
編集長ー倉持真理
発行者ー梶本雄介
発行所ー株式会社アルファポリス
〒150-6008 東京都渋谷区恵比寿4-20-3 恵比寿ｶﾞｰﾃﾞﾝﾌﾟﾚｲｽﾀﾜｰ8階
TEL 03-6277-1601（営業）　03-6277-1602（編集）
URL https://www.alphapolis.co.jp/
発売元ー株式会社星雲社（共同出版社・流通責任出版社）
〒112-0005 東京都文京区水道1-3-30
TEL 03-3868-3275
装丁・本文イラストー藻
装丁デザインーAFTERGLOW
（レーベルフォーマットデザインーansyyqdesign）
印刷ー中央精版印刷株式会社

価格はカバーに表示されてあります。

落丁乱丁の場合はアルファポリスまでご連絡ください。

送料は小社負担でお取り替えします。


ISBN978-4-434-31903-7 C0193